U0764213

藝術論

A・V・盧那卡爾斯基　著
魯迅　重翻

小序

這一本小小的書，是從日本昇曙夢的譯本重譯出來的。書的特色和作者現今所負的任務，原序的第四段中已經很簡明地說盡，在我，是不能多贅什麼了。

作者幼時的身世，大家似乎不大明白。有的說，父是俄國人，母是波蘭人；有的說，是一八七八年生於基雅夫地方的窮人家裏的；有的却道一八七六年生在波爾泰跋，父祖是大地主。要之，是在基雅夫中學卒業，而不能升學，因爲思想新。後來就游學德法，中經回國，遭過一回流刑，再到海外。至三月革命，纔得自由，復歸母國，現在是人民教育委員長。

他是革命者，也是藝術家，批評家。著作之中，有「文學的影像」，「生活的反響」，「藝術與革命」等，最爲世間所知，也有不少的戲曲。又有「實證美學的基礎」一卷，共五篇，雖早在一九〇三年出版，但是一部緊要的書。因爲如作者自序所說，乃是「以最壓縮了的形式，來傳那有一切結論的美學的大體」，並且還成着他迄今的思想和行動的根柢的。

這「藝術論」，出版算是新的，然而也不過是新編。一三兩篇我不知道，第二篇原在「藝術與革命」中；末兩篇則包括「實證美學的基礎」的幾乎全部，現在比較如下方——

「實證美學的基礎」	「藝術論」
一　生活與理想	五　藝術與生活（一）
二　美學是什麼？	
三　美是什麼？	四　美及其種類（一）
四　最重要的美的種類	四　同　　　（二）
五　藝術	五　藝術與生活（二）

就是，彼有此無者，只有一篇，我現在譯附在後面，卽成爲「藝術論」中，幷包「實證美學的基礎」的全部，倘照上列的次序看去，便等於看了那一部了。各篇的結末，雖然間或有些不同，但無關大體。又，原序上說起「生活與理想」這輝煌的文章，而書中並無這題目，比較之後，纔知道便是「藝術與生活」的第一章。

由我所見，覺得這回的排列和篇目，固然更爲整齊冠冕了，但在讀者，恐怕倒是依着「實證美學的基礎」的排列，順次看去，較爲易於理解；開首三篇，是先看後看，都可以的。

原本既是壓縮爲精粹的書，所依據的又是生物學底社會學，其中涉及生物，生理，心理，物理，化學，哲學等，學問的範圍殊爲廣大，至於美學和科學底社會主義，則更不俟言。凡這些，譯者都並無素養，因此每多窒滯，遇不解處，則參考茂森唯士的「新藝術論」(內有「藝術與產業」一篇)及「實證美學的基礎」

外村史郎譯本，又馬場哲哉譯本，然而難解之處，往往各本文字並同，仍苦不能通貫，費時頗久，而仍只成一本詰屈枯澀的書，至於錯誤，尤必不免。倘有潛心研究者，解散原來句法，并將術語改淺，意譯爲近於解釋，纔好；或從原文翻譯，那就更好了。

其實，是要知道作者的主張，只要看「實證美學的基礎」就很夠的。但這個書名，恐怕就可以使現在的讀者望而却步，所以我取了這一部。而終於力不從心，譯不成較好的文字，只希望讀者肯耐心一觀，大概總可以知道大意，有所領會的罷。如所論藝術與產業之合一，理性與感情之合一，眞善美之合一，戰鬬之必要，現實底的理想之必要，執着現實之必要，甚至於以君主爲賢於高蹈者，都是極爲警闢的。全書在後，這里不列舉了。

一九二九年四月二十二日，於上海譯迄，記。

魯　迅。

原序

我們在今日，能夠覺察出亙一切領域，對於一般理論底問題的興味的增進了。以世所稀有的英雄底努力，將世界大戰和國內同胞戰的遺產的大破壞的善後，業經結束的蘇聯，在現今，正在一般文化的領域上，展開其能力。

我們確在自己之前看見新藝術的萌芽。那創造者，是新的社會集團，勞動階級的代表者們。這以前，在藝術的領域上，他們是沒有自由地活動的機會的，只偶有極少的鑛苗，能夠好容易露在地面上。我們一一知道他們的姓名。而關於此外全然湮滅無聞的幾十幾百的天才，則歷史但守着沈默。

在新興藝術，將自己發見，將自己的運命開拓，將自己的實際生活來意識化的事，也極其困難的。而在就學於種種美術專門學校和研究所的我青年們，則尤爲困難。關於藝術的好著作非常少，至於科學底社會主義文學，却更爲希有。所以縱使要將什麼書籍，紹介給初在藝術領域裏活動的人，以及對於日常生活的問題，不妨梗概，只願得到解答的人，也幾乎辦不到。

從現在已經很明確了的這要求出發，「革命俄羅斯美術家協會」決定將盧那卡爾斯基的著作來出版了。本書是將在種種的際會，因種種的端緒，寫了下來的幾種論文，組織底地編纂而成的，這些論文，由共通的題目所統一。但這並非本來的意義上的美學的理論。在這些論文中，於趣味，美底知覺，美底判斷的本質，都未加解剖。本書中所成爲焦點者，是藝術本身和那發達的歷程。從中，於藝術底創作的歷程，尤其解剖得精細。在這里，是分明可見，能將什麼給與對於藝術的階級底觀點，是向着無產階級的，明白地意識着自己的所屬性的藝術家。當撰輯這些論文時，出版者用力之處，是不僅在盧那卡爾斯基爲科學底社會主義藝術學的理論家，而尤在其爲實際底指導者。我們在盧那卡爾斯基的關於一般美學的許多著述中，要將藝術底創造，在那歷程上加以意識化的嘗試，分明可以看出。盧那卡爾斯基當講述形式底方法之際，又當講述藝術的內容的價值之際，讀者大約到處會在自己之前，看見不獨是各流派的單單的藝術學者，且是一定傾向的實際底指導者的。這完全的活的藝術底經驗的結晶之處，即本書的價值和意義之所在。

本書的內容，倘將那組成部分解剖下去，那是會有機底地成長的罷。那大部分，是用了異常的確信，來處理藝術和生活的題目的。至今為止，以一切手段擁護其存在的抽象底的，制約底的，無生命的，形式底的藝術，現在已為一切人們所厭倦了。現在是「向大衆的藝術」這標語，尤惹我們的藝術青年們。其實，藝術愈能夠將現代生活，確實地而且現代底地表現出來，則藝術也將成為愈完全，愈有意義的東西的。所以怕藝術陷於現實的奴隸底模仿的必要，一點也沒有。在這關係上，我們將於本書之中，發見以「生活與理想」為主題而作的輝煌的頁子的罷。我們是隨地都應該跟這標語而進的。

一九二六年

于墨斯科

革命俄羅斯美術家協會

目錄

藝術論

藝術與社會主義

在從馬克斯起，以至現代的科學底社會主義的文獻中，奉獻於藝術問題的專門底著述，還比較底稀少；即有之，也不過將有限的頁數，分給了這問題。然而有對於藝術的純科學底社會主義底態度的原理存在，却是無可置疑的事實。現在就簡單地，試將那根本原理摘要在這里罷。

首先第一，據作爲人類社會發達理論的科學底社會主義，則藝術是在生產關係上的一定的上部構造，而生產關係，是決定支配那時代的勞動形式的。

藝術對於這經濟底基礎，在兩個關係上，能爲上部構造。第一，是作爲產業，卽生產本身的一部，第二，是作爲觀念形態。

在事實上，從野蠻時代以至現在，藝術是作爲人類生活的一定的傾向，在全人類的生活上，演着顯著的職掌的。所以在人類勞動的結果這一切生產品中，要發見那形式，色彩，其他的要素，僅是從適應性打算出來的東西，恐怕不容易。例如無論建築或書籍罷，器具或街燈柱罷，任取一種近便的東西，看看那根本的勻稱，由什麽而決定的就好。在這上面，就知道恰如斐錫納爾的測定法所說明，那勻稱，是決不從那些事物的使用上的便不便，打算出來的。倘使單就使用上的便利而言，那麽，這些事物就還可以有較長者，也還可以有較闊者。那各部分，也就用了別樣的勻稱了罷。然而改變勻稱（倘不是造得太不合用的東西），是引起或一種不快的衝動的。反之，得宜的勻稱，却和別的什麽利害觀念毫不相干，而給與純粹的快感。

我故意引了最單純的例子了，但和這一樣，也可以斷言，凡是人手所成的製作品，而不帶裝飾底欲求的痕迹（例如磨光的表面，塗了磁釉的表面，各種的花紋，有些強烈的彩色以及一定的色彩配合等）者，是沒有的。這就知道，人類是生來就稟着這種強烈的傾向，就是一面做那生產品，一面却不僅追求着純功利底目的而已，還要達成那藝術底目的。而這藝術底目的，便是將那事物美化，使牠和我們的感覺機關相宜。誰都知道聲音有快不快，色彩有快不快的。從這樣的單純的類推，人們便竭力要將那創造的結果，做得給人好感，便於知覺，易於合意，具有趣味的東西。

這樣的對於事物的趣味，因民族，因時代而大異，是當然的。在這關係上，來研究各樣式的根本，應該是極有興味的事。例如中國的製作品，做得很好，很美，而古希臘的製作品，却根本底地不同，是什麼緣故呢？又如為全歐的趣味的根源的法蘭西家具，那在各時代的變化，是為了什麼呢？例如，從路易十四世的豪華而到路易十五世的浮華的趣味，自此又向路易十六世的堅實的精嚴，向革命時代樣式的整齊的枯燥，於是遂到了拿破崙時代樣式的具有純熟而雄奇的諧和的偉大，於這變化，加以研究，是不能說沒有興味的。

然而能於無數的樣式的變化，闡明其由來的眞的原因者，捨科學底社會主義無他道。但爲了這事，科學底社會主義不但依據着關於所與的時代的社會組織，那前代的傳統的確鑿的智識而已，還應該依據着關於或一民族在或一時代所用的材料，生產機具，其他純技藝底要件的全體的精細的智識。

然而藝術不但是產業的特殊的種類，也不但是進到幾乎一切製作品來的特殊的機能，藝術又還是觀念形態。那麽，從科學底社會主義的見地說起來，觀念形態云者，是什麽呢？這是在人類的意識上，給了體系的實在的反映，是充滿着人類的意識底生活的東西。

自然，人類的意識，也通過些個人底的，就是所謂刹那刹那的斷片底的思想和感情的。然而這些思想和感情一結晶，則這便得到觀念形態的性質。科學底社會主義以前，或和科學底社會主義並存的社會學派，大抵以爲思想和感情的自己組織，是獨立底過程；甚且將這理想主義底過程，看作根本。不但如此，許多社會學派，還以爲由社會學的大家和思想家及藝術家等之力，組織了自己的思想和感情的人類社會，又在竭力依着從學說打算出來的計劃，以組織本身的生活和周圍的環境。

但科學底社會主義，却證明了實際上並無那樣的事。據科學底社會主義，則觀念形態是由現實社會而發達的，因此就帶着這現實社會的特徵。這意義，不僅在說，凡觀念形態，是從現實社會受了那唯一可能的材料，而這現實社會的實際形態，則支配着卽被組織在牠裏面的思想，或觀念者的直觀而已，在這觀念者不能離去一定的社會底興味這一層意義上，觀念形態也便是現實社會的所產。所以觀念者常常是傾向底的。他竭力要以一定的目的，來組織那材料。

然而據科學底社會主義，則社會是分爲幾個互相敵對的階級的。階級云者，是對於生產過程，或在那過程上，占着種種不同的地位，因此也有了種種不同的利害關係了的人們的團體。例如地主階級，有產階級，農民階級，勞動階級等，便是。

自然，科學底社會主義當說明觀念形態的階級底特質之際，科學底社會主義是決不以肯定了觀念形態和各種的大階級——例如支配階級或爲自己的支配權而在鬬爭的階級——或被支配階級相關的事，便算足夠的。不，科學底社會主義底解剖還割得更其深。科學底社會主義正在要求確立各種的法理學說，哲學系統，宗教教義，藝術上的流派，和一定的階級內部的團體，或中間階級底團體的關係。社會在那構成上，是常有非常複雜的時候的。所以將觀念形態底現象，太簡單地一括於或一基本階級中的事，是對於純正科學底社會主義的罪惡，是粗雜的科學底社會主義。

觀念形態的歷史，是全然依據於社會性的歷史的。恰如人類社會本身，在那進化上，多樣而複雜一般，觀念形態也多樣而複雜。

這里還有應該附加的事，是在對於社會進化的關係上，一面雖在否定觀念形態的支配底地位，而將這觀念形態的價值，科學底社會主義却並不否定的。階級當各各創造其自己的法律，自己的宗教，自己的哲學，自己的道德，自己的藝術之際，階級決不來枉費其精力。凡這些，並非一面多樣的鏡子上的現實的單單的反映；這些反映，是成爲牠自己或社會底勢力，旗幟，標語的。並且以這些爲中心，一階級就集合起來，藉這些之助，階級則加打擊於自己的敵手，從他們裏面，募集自己的心服者和屬員。

在別的觀念形態中，藝術演着優秀的職掌。在或一程度上，藝術是社會思想的組織化。藝術者，是現實認識的特殊的形式。現實，是可以藉科學之助，而被認識的。科學，則竭力求精確，要客觀。然而，科學底認識，是抽象底的，向着人類的感情，却一無所說。但是，本然底地認識的事，理解那所與的現象的事，却不只是對於那現象，有着純智底系統的判斷的意思，也有對於那現象，確立起一定的感情底，卽溫厚的道德底和美底關係來的意思的。例如，當理解俄國農民之際，以統計學底研究爲基礎而理解者，和由烏斯班斯基及別的民情派作家的作品而理解者，是全然兩樣的。

自然，恰如同是農民階級的統計底智識，可以故意或無意地加以毀損一樣，藝術底表現，也可以意識底地或無意識底地成爲主觀底的東西。要說得更適切，那便是可以成爲反映階級的利害（藝術家是其表現者）的東西。然而這事，却正使藝術有力量。藝術者，不但是認識的機關，卽不但是現實社會的熱烈的活的直接的認識機關而已，也是或種一定的見解，卽藝術家對於現實社會最所企望的一定態度的宣傳的機關。但由上面說過的事，藝術作爲思想的組織者而顯現的時候，則也可以說，一定是將思想和感情，組織在一處的。有時候，藝術也能全然是感情的組織者。例如音樂或建築（並非作爲技術，而是作爲藝術的建築），是什麼思想也不能表現的。倘要將音樂和建築的言語，翻譯爲表現着或種概念的我們的言語，就需很大的努力。但是，雖然如此，音樂和建築的影響是偉大的。音樂的要素和建築的要素（這時候，建築和音樂是極爲親近底的），可以說，在任何藝術中無不存在。倘若彫刻是紀念碑底的，而且以牠的均衡使我們驚歎，則這並非由那彫刻的內容而來，却是由主題而來的。尤其是，由聯結着彫刻和建築的那樣式而來的。倘若彫刻渾身典雅，線皆優美，而且在彫刻家所賦與的相貌上，浮動着一種不安定的，然而使我們飄動的心情，則我們可以說，那彫刻充滿着音樂。無論在那一際會，我們是早進了感情的組織化，無意識底的東西的組織化的範圍裏了。這事情，當然也可以在更大的程度上，適用於繪畫。繪畫的構圖，當這做得正確，整得出色的時候，即令繪畫近於建築。而繪畫的色彩的鮮穠，則使繪畫近於音樂。在文學上，也一樣的。藝術上的大作的一般構成（例如但丁的「神曲」），令人發生一個大伽藍似的印象。而節奏，韻律，照應等，則每將和內底音樂相結合的外底音樂性，賦與於文學。而且這又和不能譯成純粹批判的言語的象徵的幽微的意義，結合起來。

問題是關於思想的組織化之際，則直接和觀念形態，以及產生觀念形態的生活上的事實，或把持着這些觀念形態的社會底集團相連繫的事，是頗爲容易的。和這相反，問題倘觸到成着藝術的最爲特色底的特質的那感情的組織化，那就極其困難了。所以藝術的歷史和理論，直到今日，都在極巧妙地迴避着科學底社會主義。但在最近，在這關係上，開了一條大口了。有如德國的科學底社會主義者，且是藝術的歷史家和理論家的霍善斯坦因的或種著作，便已經是向前的顯著的一步。就是，科學底社會主義的這微妙的方面之研究，已經由他而完成了。

作爲人類社會及其進化的理論的科學底社會主義的原理，就如上。然而科學底社會主義，是不僅表示着這樣的理論的。科學底社會主義也還是一定的綱領。科學底社會主義是他本身一定的階級即無產階級的觀念形態；而且成着並不毀損現實的唯一的觀念形態的。這事，由那所說的無產階級是未來的階級的事，以及所說的和將現實照樣地述說的科學，表示着未來的確實的傾向的科學的強固的結合，於無產階級是有利的的事，便可以證明。正一樣地，無產階級本身的傾向，在全人類，也是有利的。最受壓迫的最後的階級這無產階級，是一面自行解放，同時也將那全人類，一般地從階級制度解放的。比無產階級所致的改革，更加重大，更加解放底的改革，是再也沒有的了。所以無產階級的傾向，同時也是全人類底傾向。

無產階級的理論家們，不但應該用了確實的客觀性，來描寫藝術的各樣的花和果實，在社會性的地盤上，怎樣成長起來，而且對於藝術，也有批評底地，前去接觸的十足的權利。關於過去，也一樣的。無產者的理論家，可以指摘人類的往時，分明地帶着有害的搾取底精神的藝術上的作品。他們可以指摘表現着民衆的被動底苦痛，或是那奴隸底服從的作品。他們又可以指摘充滿着惰氣，狡猾，阿諛，懷疑的藝術。這種藝術品，是因爲要逃避現實社會和對於社會的責任，故意從一切活的內容，退到空疏的智力的遊戲，或翺天的夢想裏去的。但無產階級却在同時，有時也於往昔，能夠發見屬於支配階級的或種藝術品。凡這些，是富於廣汎的組織底計畫的精神，充滿着對於自己之力的人類的確信，光明的渴望及向着眞正生活的憧憬的。否則，便是以對於外界的橫恣的運命的反抗，以及被蹂躪的一部份人類社會的權利的宣言，作爲那根本傾向的藝術品。

在過去的藝術品上發響的聲音，號泣，歡笑，歌唱等，是多樣到無限的。解剖到底了的這些藝術品的各個，都可以給與一定的社會底評價。或種作品，在種種的意義上，是作爲無產階級的豫言者或先驅者的人們的聲響，在無產階級成着親密而投契的東西。或種作品，從那根本底傾向的觀點，雖是可疑，但作爲曝露着特殊的社會現象的東西，却有興味。又，或種作品，則是可以嫌忌，可以憎惡的。但是，當此之際，無論何時，我們總是往還於關於內容的評價的範圍內。然而無產者理論家，也能夠作關於藝術上的形式的評價。例如科學底社會主義即在毫無錯誤地教給我們，凡對於促進新的思想，組織大的感情，有着興味的階級，自己的權利，影子稀薄的階級，則向着純然的形式底藝術。而且不過藉此略略渲染人生，使這成爲他們住得舒適的處所。在這形式底藝術的領域中，易行種種的頹廢，能有一切種類的美底淫蕩。例如經佻浮薄的華美，貴族饕餮的淫佚底的典雅，就都是。

蕩漾於或一階級的思想和情緒的內容，在有些時代，也可以發見和這相稱的形式底表現。(這恰與或一階級的全盛期相當)。那時候，藝術便因了內容和形式的這樣的一致，成爲平靜的東西。藝術家確信自己的作品是重要的，而且那作品，是將爲同國民的一定的部分所容納的。在同時，他也確信有着可以將這內容傳給社會的形式。那時候，便是所謂古典時代來到了。然而在古典時代的到來以前，當然還該有未能將思想和感情，得到十足的具現的時代。因爲這樣的時代，是和對於政權的或一階級的擡頭相一致的，又因爲這階級，同時也爲了自己的階級底利益，努力於發見政治底形式的，所以這樣的時代，是突進，粗疏；那形式，是不安穩。藝術家一面使自己的空想緊張，一面則在摸索，要捕捉自己所還未能捕捉的形式。加以指導他的思想，也還有些不分明，只有感情，是激烈的。稱爲藝術上的羅曼諦克底機構這東西，卽出於此。到最後，階級通過了那全盛期的時候，那階級在社會，已經並非必要了，對於他，有新的勢力前進。於是他沒有了自信，失了自己的理想，那感情碎如微塵，從一個密集隊而變爲個人主義底沙礫。那時候，這也反映在藝術之上，思想和感情本是藝術的精神，則萎縮了，不久就發散淨盡了。而只剩下那變質爲亞克特美主義的一種冷的形式底技巧。然而我們在自己之前，看這美的死屍，是並不長久的。不多時，那死屍便開始解體。而藝術家對於形式，也開始取起輕率的態度來。就是，力求詭奇，或將自己的藝術的或一面，特加誇大。當此之際，我們就正對着頹廢底藝術了。

剖，也可以獲得最有益的結果的。第一，是只要這些作品，是成着或一社會現象的徵候的，則在歷史底認識上，卽給我們以幫助。第二，在這些藝術品裏，是頗含有各種積極底方面的。在或一頹廢底藝術品之中，我們能夠發見色彩，線，音響的可驚的優美的結合。在藝術的解體期裏，解剖底藝術家能夠尋出技術底地極其貴重的一些東西來。這樣的例子並不少。在或一暴君所建立，貫以奴隸支配的精神的巨大的建築物上，我們能夠發見驚人的均衡和偉大。這些特質，是從暴君制度那一面加進去的，而這却又將暴君制度，做成大衆組織化的廣汎的支配形式之一了。所以眞的科學底社會主義者，能夠以過去的幾乎一切的藝術品爲例，來自己學習，同時也教給別人。

但是，如果這樣地，科學底社會主義不僅是認識藝術的確實的根源的方法，並且是藝術批評的方法，藝術利用的方法，就是，正當地享樂藝術，又爲藝術的將來的發達起見，正當地理解藝術的方法，那麼，對於現代精神的科學底社會主義的關係，就不消說得，是格外痛切的事了。

這之際，以上所示的一切批評的標準，我們可以完全適用。作爲讀者，加以作爲批評家的科學底社會主義者，能夠在那可驚的研究室裏，解剖了個個的新作品，而指示其社會底根柢和社會底傾向；又，只要在作品的內容和形式上，有所表明，就也能夠指示其消極底方面和積極底方面。而科學底社會主義的作家乃至藝術家，則可以一面創造那作品，一面在自己階級的理論裏，尋出認眞的支柱來。他們又可以把持着這指導底原理，免於各種的謬誤。且可以自己批評着自己，同時又將自己之所有，而自己的階級正在要求其表現的內容，完全地表明出來。

二　藝術與產業

曾經有過藝術界的敏感的代表者們，以產業爲彷彿是自己的強敵似的時代。關於這事，只要記得摩理思的出色的烏托邦「無所從來的信息」，就儘夠了。做着這烏托邦的基礎者，是將來的社會主義底社會，將一切機械工業排除，而代之以手工業。還可以想起洛思庚來。他到近時，也還是美學底地來思索的許多歐洲人及俄國人的思想的權威者。而洛思庚主義的根底之一，則是對於作爲傷害風景的要素的鐵路和製造所，以及對於作爲損壞人類生活的害毒的工場生產品的根本底憎惡。

我們熟讀了產業之敵的各種美學者的推論，而且加以深思的時候，我們是承認其中也有幾分正當的理由的。自然，以爲工場，製造所，鐵橋，火車，鐵軌，各種的涵洞，高架橋等，害了歐洲的風景，並不是實情。不消說，在這里有着大大的謬誤。是對於這些一切的設施，爲舊時代的眼睛所看不慣。於是在他們，便覺得這些東西是粗野，卑鄙，功利底，人工底，因此也是值得攻擊的東西了。

其實，古代世界，中世期，文藝復興期，還有十七世紀和十八世紀，是在那建築上，都依從自然的線，毫不害及調和，而首先加意於風景的要項的時代。但在用了高聳天空的許多煙突，以如雲的黑煙來薰蒼昊的大工場的建築家，則風景又算什麼呢。在解決着以最短距離的鐵路線，怎樣地結合兩地點的問題的技師，風景究竟算是什麼呢。但是，從事於鐵路以及其他巨大的工業底企圖的技師和建築家們，對於一切的美學和風景美，雖然漠不關心，但毀損風景那樣的事，是決沒有做的。

關於這一端，我們現在是取着別樣的態度。噴吐火燄的工場，在我們，並不見得醜。在製造所的煙突上，我們越加看出許多獨特的美來。鐵路呢，我們不但在那上面以非常的速力在疾馳，並且這已經成了風景的要素，在我們，成爲一種獨特的道路就到這樣了。我們以一種的興味和純然的美底感動，凝眺那走向遠方的列車。我們連那許多鐵橋和幾個車站，也想將牠算作建築美術的一種傑作。在我們這里，已經蓄積着關於或一鐵路的的許多卓拔的敍述了。凡這些，是充滿着多量的美的。又在最近，我還在海爾曼的小說「機關車」中，讀到了禮讚那純然的鐵路風景的足以驚歎的描寫。

自然，當此之際，也可以提出我後來要說的或種問題來。這問題，便是問，從事於鐵路以及其他的產業底企圖的技師和建築家們，可能漸次在或種程度上，留意於人類的視覺的要求呢？但關於這事，且讓後章再說。

在關於工場生產品所說的事情之中，却更有許多的眞理。

自然，將誠實的工人的勞動，擠掉了的那可以嫌惡的粗製濫造，正是文化的低落。而竭力要在市場上打勝那減價競爭的工場主，連從品質之點看來，是生產物的劣等化都在所不顧的事，也極其多。假如一種羽紗的圖案，一種碟子的形式，帽子的意匠等，是惹起或種賞識的，普通總是迎合着一般羣衆的卑俗的趣味。然而，是什麽在迎合什麽呢？是工場生產在迎合卑俗的要求，還是工場生產自己造出這卑俗的要求來的呢，却很不易於斷言。例如，試看那「時行」這一種現象就好。在這里，問題已經和購求那用了各種染料，粗雜地染成彩色的下等羽紗的或一植民地居民無關，也和那不管愛不愛，只因便宜，就買些可厭的家具，來作用度品的工人和農民無關。趕着時行者，大抵是資產階級的太太，富豪階級的代表底婦女。跟從時行的女人——大家以爲就是對於自己的裝飾，加以特別的注意的人類。但是工場那面，對於時行是採取怎樣的手段的呢？工場是任意模仿時行的。大裁縫師和大工場主，運動了若干的新聞記者們和時髦女人們，照那喜愛，做出服裝的愚蠢的樣式來。無際限地勾引着各資產階級婦女的欲求，使她付三倍的貨價，一面是今天這一種，明天別一種，或將羚羊皮，或將錦襴，或將種種的皮，使牠時道。——總之，這就是所謂時行。「時行的呀」。這是大多數的女人所說的神聖的句子。一成爲「時行的呀」的事，那就卽使這和相貌不相配，卽使如格里波葉陀夫老人之言，這是「逆於理性」的，也都不管了。就是，婦女者，無論如何，總要身穿時式衣裳，而對於想出那時式衣裳來，並且使牠時行的企業家去納稅的。

在這例子裏面，就可以看見工場的趣味，是順着怎樣的路，墮落下去的。凡工場，在趣味的無差別的時候，以及趣味和廉價不相衝突的時候，是跟隨底的，在販賣的利益要求趣味的時候，則使這趣味服從自己。

不但在勞動者和從業員的住宅而已，雖在大多數的資產階級的住宅裏，也尙且充塞着從美學底方面看來，是不值一文的廢物——工場製品的廢物——的事，是能夠否定的麼？

但是，摩理思和洛思庚式的人們，從這一節推理而得的結論，却並非正確。

爲什麽呢，因爲機械工業，並不是必然底地一定產生這樣可厭的販賣品的。

反之，機械工業在那將來的發展上，倒可以不藉一切的人手，僅在最後的收功時，一借工人勞動者之手，而產出極細巧的藝術品來，並且常在生產的狀態上。

洛思庚在那活動的初期，將一切的照相複寫法當作大恐怖，以照相版的驅逐手工版的事，爲非常的野蠻底行爲的徵候，但到那晚年，和在他臨終以前就達了驚人的完成之域了的照相版對面的時候，他在這里，已經不能不承認在特殊的美術上，發見了新的環境了：這實在是特色底的事實。

以容易地而且便宜地，來複寫一定事物的任意的數量爲其本質的產業，現已侵入了先前以爲是絕對地不可能的領域之中了。一切人們，嘲笑那機械底樂器，還是最近的事，然而現在已有自動音樂機「米濃」（譯者按：Minion＝寵倖?），極其正確地複寫着作曲家或偉大的音樂家用或種樂器所演奏的或種曲，對於這，還可以雖在演奏家的死後，也給以微妙的音響學底或美學底分析。

那麽，在演劇的領域裏，又怎樣呢？誰曾能夠豫想，以爲演員的演技，在那實演之外，又可以複寫的呢？雖然那也重做好幾回（大家已經以這爲或種生產底東西了），但在今日，電影則已創成了映畫劇，演員能在這上面，於自己的死後在幾十萬人們面前做戲，並且巧妙地扮演，恰如一生中最爲成功的那夜一般。電影還和那爲了這些目的，而完成了的留聲機結合着。自然，我並不以爲有用「間接的饒舌家」來替換「偉大的啞子」的必要。要將言語連在牆壁上，是美學上的大謬誤，但我們將那偉大的演員，偉大的辯士，使那姿態和聲音和情熱，可以永久地刻印出來的事，總之是必要的。這不消說，便是偉大的征服。自然，由形式底觀點而言，這是最純粹的工業，是或種所與的藝術上的現象，後來能在任意的分量上，最便宜地廣遠地流傳的。

要之，產業者，是幻術師。問題之所在，只在可有這廣大的通俗化沒有，可有工業的路程上所達成的這多大的便宜沒有，和這同時的卑俗化，惡化，墮落，是必然底的不是。

是的，只要工業在受資本家的驅使，是這樣的。凡資本家，僅在看得生產品會多獲利益的時候，這纔來計及生產品的質地的向上，尤其是那藝術底品質的改善。然而這樣的事，是很不容易有的。在資本家，惡質而廉價的東西，往往比良質而高價的東西更有利。然而也能有相反的時候——那便是工業主不能不給搾取者們特地製出價格極高的貴重的完全品的時候。只有位在這中間的，能是顧及人們的美學底要求的健全的生產品。顧及人們的美學底要求云者，並非想像了現今的趣味是怎樣而去順應那趣味的意思，乃是形造出那趣味來的意思。縱使是文化人罷，凡以媚悅一般民衆的趣味，視爲自己的義務者，是凡庸的藝術家；努力於美學底地加以作用，要使國民的趣味向上，至或一程度之高者，是出色的藝術家。

我在這里，要轉到從自己的見地說，是最爲重大的思想去。決不是意在表明，這是獨創底的思想，但在那單純上，是可得理解的。在這里，並沒有最近我們常常遇見的多餘的熱，也沒有戲畫底的誇張。

那思想，就是以爲產業和藝術，有密接的結合的必要。

將這問題，在資產階級社會的圈子裏來想，是近於完全絕望的。只在部分底的時會，間或可能。然而在科學底社會主義社會的範圍裏來想這問題，却是絕對地必要的事。

我自然很知道，在我們俄國的困難的過渡期裏，是只能到達這關係上的微微的結果的。我們要奪取那由了似是而非構成主義的夾着鑼鼓的嚷鬧的宣言，正在使產業和藝術分裂，個人底趣味的這藹里豐城，是極其煩難。但我相信，在這方面做着什麼，而且那做着的東西，却當然總得來張揚一下的罷。

同志託羅玆基寫了關於藝術的許多著名的論文，對於這些論文，我是有機底地共鳴的。而且在那裏面，我還發見了對於我布演在自己的論文裏的藝術觀，有大大的智底和道德底支援。他在那論文之一裏，這樣地寫着——

「隨着政治底鬬爭的廢滅，被解放了的欲求，大約便要向那並包藝術的技術和建設的河床去。而藝術，則自然不獨是普遍化，成長，堅強，單單的裝飾而已，也將成爲在一切領域上正趨於完成的生活構成的最高形式的。」

實在是出色的表現，淵深的眞理。自然，政治底鬬爭也並非絕對地不可抗的關門，只要對於反對的原理，科學底社會主義的光明的原理決定底地得了勝利的時候，我們便能夠豫見自己所夢想着的事，而且那一部分，現在就已經能夠實現了。

那麽，我們應該將努力向着怎樣的方面呢？關於在俄國的專門底的問題，我在這里不來說。因爲關於這事，大概是另有可說的機會的。在這里，就將問題的一般底的特質，就是，作爲不但橫在我們的眼前，也是橫在正在漸近科學底社會主義的歐洲的眼前的問題，來想想看罷。

首先第一，且回到最初的問題去。

人說，工業侵入於自然之中，以及風景之中，破壞了景致。但是，這可是眞實的呢？舊的中世紀的城堡和或一廢墟，是詩底的．美麗的，然而在建築工業的基礎上，合理底地建設了的新的工場和新的建築物，即使是巨大的鐵骨的工場，也絕對地不美的事，是眞實的麽？

自然，這是絕對地並非眞實的。要肯定這樣的事，必需爲一切認識不足的僻見所圍繞。託爾斯泰曾用了幾分敵意的感情，將「詩底」這字，下了定義，謂是使已經死滅了的或物復活的東西。對於詩底的東西的這樣的定義，在反詩底地成了傾向的未來派的一派，恐怕是極爲合意的罷。然而這不消說，乃是迷妄。所謂詩底的事者，即是創造底的事的意思，非照這樣地解釋不可的。只要什麽東西裏面創造多，那便是詩也多。

然而創造，是能夠顯現於純功利底形式之中的。創造在這樣的形式上，也還是詩底的。便是法蘭西的糧食大市場那樣——也是極其詩底的東西，在左拉的描寫之下，毫不失其特有的惡臭和醜惡，却惹起純粹的詩底印象來。這是什麽緣故呢，就因爲在這市場裏，集中着巨大的精力，可以感到人類的文化和人類的運命的大的中心之一的巴黎的內臟的偉大的脈搏。雖是最醜，最穢，滿以一切廢物由建築底見地而觀，是有着不相稱的線的造壞了的工場，但只要是其中盛在勞動，現着創造，作爲文化的前哨，直進向荒蕪的曠野去，人們由這工場組織，而和深埋地底的石炭和礦石的蘊藏相連結的時候，也仍然一樣是詩底的。

然而這意思，是說工業底創造，不能留心到自己的美學底方面，自己的形式去麽？當此之際，我毫沒有要粉飾工業的意志。在這一端，工業是什麽粉飾也不必要的。有許多處，倒是從建築家和美術全然獨立，現今已經到達着顯著的美學底的結果了。

從大海的汽船，要求着非常的寬廣，輕快，速力和最上的便利。這樣地提了出來的問題，已由現代的造船技師並無遺憾地滿足地給以解決，正如珂爾比什・珊吉埃之所說，達了可驚的美學底結果了。

他又在別的論文裏，寫着關於摩托車，飛行機，注意於優美地，單純地，來解決構成，配置，部分的均盤等許多問題的事。這在拘於舊形式的建築家們，是連接近也不能夠的，要說得好玩，這是技師們順便的把戲，聊以作樂地，做成了這些事。然而，當一切這些時候，對於形式的優雅，技師是有着興味的。他要造出悅目的汽船，摩托車，飛行機來。

但技師在大規模的工業上，也懷着同樣的目的麼？有時是確也懷着的。機械本身，就幾乎無時不美，是無疑的事。不精工的機械這東西，我不很看見過，但倘到像樣的博物館去，一看種種機械的發達着的模樣，那就恐怕常常會看出和動物的肉體組織的發達非常相似的什麼來的罷。在博物館裏，有魚龍（中生代的爬蟲類）和瑪司頓特（第三紀的巨獸）那樣的機械。那些機械，最初是總有些不精工，不調和，謎一般的，但到後來，便逐漸和動物的有機體不同，一時地獲得了巨大，力，內面底調和和優美。動物的形態，是成爲小樣，而完成了，但機械，則成爲強固，而在進於完成。其中有能使我們神往的機械。我們注視那機械的時候，大概便會覺得問題之所在，不但在各部分的均整，以及機械用了力和優美而起的運動的適應性而已，也存於製作技師的或種取悅中。打磨而著色的表面的結構，一經歲月，是要跟着消褪的，但做得恰合目的的裝飾，機械周圍的異常的乾淨，滿鋪石板的臺座，夠通光線的大玻璃窗（例如想起大的發電所來就好）——凡有這些，却給人以難於名狀的美學底印象。而這印象，則使我們承認這種鋼鐵製，鑄鐵製的美人，較之古代趣味的一個活的，或青銅製的快特黎迦（古代羅馬駕四馬的二輪車），有將自己遠位於上的十足的權利的。

就是，跟着前進，而不但在學校那樣的形式底程度上，建築術底和建築美學底要素，能添入工業裏面去，是非常之好的事。技師不可是單單的功利主義者。要說得更明確，則應該徹底底地是功利主義者。他對自己，應該說「我要自己的動力機非常廉價，非常生產底，而且美好。」

倘若這樣的思慮，每當建立大工場的煙突時候，入於各職工的工程中，倘若技師從人類的趣味的觀點，費些思慮於適應性上，又從功利底見地，顧及那製作物的有益的配合，則我們便會如同志託羅茲基所豫言那樣，向着工業和藝術的合一的方向，更進着很大的一步的罷。

在生產上，自然也一樣的。製造那販賣的商品的技術家，應該是創造那不但消費，而且以消費的物品爲樂的人類所要求的目的物的美術家。食物不獨果腹，美味是要緊的，於生活有用的物件，不但要有用而便利，令人喜悅的事，還重要到千百倍。我用「喜悅」這字，來替代依然有些好像謎語的話「美的，優美的」這字罷。（這時候，大約是立刻要發生種種的論爭，以藝術至上主義之故，批難我們的。）衣服，須是可喜的，家具，也須是可喜的，食器和住所，也須是可喜的。作爲藝術家的技術家和作爲技術家的藝術家，是兩個同胞的兄弟。總有時候會顧慮到，機械生產不將人類大衆的趣味低下，而使之向上，人類大衆也不復是羣衆，在這一端，要求成爲高尙的事的罷。

作爲技術家的藝術家云者，是研究人類的視覺和聽覺的要求，將能夠滿足這些要求的方法，理論底地學得了的技師之謂。作爲藝術家的技術家者，是天然賦與了在確實的趣味和喜悅的方向上的創造底才能的人。而一樣，是第一，經了藝術底技術的理論底修業，第二，經了技術的修業的人。爲什麼呢，因爲他的工作，是作爲助手或主要的同勞者，而加入於各製造品的生產中的。

這些一切在那本質上，現在也還由工業在辦理，但那是偶然底的，陳腐的，無趣味的，一切都必須加以大大的修正。

在這里，有別的問題提示給我們。這就是，可有能學的趣味的法則麽的問題。你想要說什麽呀？或種的悲觀主義者質問我——你恐怕想要說，藝術家應該研究一切的樣式，就是，應該研究古代建築的樣式，亙十八世紀的路易王朝的建築樣式罷。

然而，和這同時，未來派大概也要恨恨地對我說的——

「所謂趣味者，究竟是什麽呢？趣味之類，是看當天的陰晴的。關於趣味的法則，大概什麽也未必能說罷。這是個人底創造和大衆底病毒的工作。在那里尋求什麽確固的古典底的東西，是怎麽一回事呢？使發明力的永久的疾走，凝結起來，是怎麽一回事呵。比什麽都眞的眞理，是踏踏主義的理論。踏踏說，物象的美，聰明，善，都非重要，重要的是新穎，稀奇。」

無論那個，都分明是胡塗話。我們還不能斷言，況今關於藝術的學問已經臻於圓熟。但從各方面，在將豐富的嫩芽給與藝術學，却是明明白白的。假使便是讀了珂內留斯教授的教科書那樣的書，德國的最直摯的一部分，也確信正在強烈地尋求這確固的法則，在這時候說起來，則是視覺的法則的罷。關於音響底現象，也一樣的。在這一點，音樂已在近於那根本的解決。本質底地來說，則音樂，是有着關於音樂美的深奧的學問的。不過這學問有些硬化了，現今正在體驗着獨特的革新的戰鬪。而這革新，大概是一面使音樂科學的界限擴大，而對於根本原理，是要成爲忠實的東西的罷。這原理，恐怕有一點狹隘，但已由慢慢地結構起來了的音樂理論，的確地在給以解決了。

在直線底的，平面底的，色彩底的視覺底印象的領域上，我們不過有一點微乎其微的統系，但這已經分明地得了容認。在現在，人類也還是一個鼻子，兩隻眼睛，兩隻耳朶，而且在現在，肉體底地，是有些並不改變的。在這意義上，心理底地，人類也卽平等到顯著的程度。數學底思索的根柢，論理的根底，也都一樣。正如剪髮的形式，並不將人們的根本典型，本質底地改變一樣，傳染病毒也不改變在人類的根本底的東西。自然，也有畸形。匾的頭蓋，大的背脊，或是跛了的細細的腿等，各種奇怪的令人想到文明的變態的這樣的畸形，是從那單純，體面，相稱，便利，鞏固，調和底，而同時又豐富，又充實的或一根本原則的虛僞的退却；是從橫在一切名作之底的法則的離反。名作是不過隨時有些暗晦而已，也就浮到表面來，出現之後經過二三百年，二三千年，便在人類的寶庫中，占了堅固的位置。

在趣味，是有客觀的法則的。諧和，以及和聲的客觀的法則，是容許無限的創造和無數的創造底變調和那全創造的豐富的發展的。和這一樣，趣味的法則，或種特殊的勻整的法則，也都容許這適用的一切的自由。

大的藝術上的問題——解決這個的，不是我們，我們恐怕不過是爲了孩子們，做着預備工作的。這樣的大的藝術上的問題，是含在發見了關於創造之歡喜的單純的，健全的，確固的原則，於是籍了偉大的力的媒介，而將那原則，適用於比現在更其巨大的機械工業，以及我們的最近的幸福的子孫的生活和社會的建設的事情裏面的。

三 藝術與階級

可以有一種稱爲階級底美學，特別存在的麽？自然，這是可以存在的。

在這世間，可還有具有教養的人士，會反對各國民中，各有其不同的美學的呢？要獲得發見幾乎一切藝術品之美的才能，將皤多庫陀人（巴西的蠻人）的木造偶像，和威內拉·米洛斯卡耶和勃爾兌黎的彫像，一樣地賞玩，是文化底發達，必須達於頗高的獨特的程度的。

怎樣的見地爲優呢，一時却難於斷定。是能夠在種種不同的國民和時代的一切美學中，只看見美學上的種差，即互相矛盾着的難以調和的種差的藝術史的見地爲優，還是忠實於自己的樣式，決定了自己的趣味，於是對於別的一切，都執着狹隘的態度的人的見地爲優呢？即使將這些置之不問，而種種的國民，不但將女性之美，色彩之美，形式之美，種種地理解，將自己的神，自己的理想，種種地具現，他們還在各時代，變更他們的趣味，直接移向反對方面去，則已經明明白白了。

如果我們一檢核趣味變更的緣由，我們將看見在那根柢上，橫着經濟組織的變更，大概是種種底階級所及於文化的影響的程度上的變化。

有些處所，這事實是可以極其分明地目覩的。例如瞿提，卽曾以非凡的機智道破着。他說，由穿着各種不同的龐雜的衣服的羣衆，擾嚷聲，談話聲，破裂似的笑聲，吱吱地響的笛子，家畜的叫聲，小販的喊聲等類所成立的民衆的定期市，是將完全醉了似的陽氣的印象，給與平民出身的人的。但反之——據瞿提的意見——智識者却以這色彩爲煩膩，這動彈爲頭眩的懊惱，這喧嚷爲難堪的氣悶的事情，從這熱鬧所拿來的，除頭痛外，更無別物。和這相反，穿了黑衣服，周旋中節的智識者的規規矩矩的祝日，在胖胖的青年和陽氣的村女，也覺得是受不住的無聊的事。車勒內綏夫斯基又以不亞於此的機智，增添了些。女性美的理想，農民的和智識者的，是不同的。居上流的智識者們——車勒內綏夫斯基說——非常喜歡纖足和纖手。然而這些特徵，是表示什麼的呢？——這是退化，是寄生生活。身體的萎縮的發端，便是那樣的貴族底的手和足。那樣的東西，是使遮掩不住的嫌惡之情，滲進人們裏去的。和這相反，農民當挑選新婦之際，却能夠極其明確地決定對手的姑娘的健康的程度。就是自問自心，她作爲勞作者，作爲妻，作爲母，是否出色的。

燃燒般的血色，肉體底力，分明地表現着的在直接的意義上的女性的特徵——凡這些，是蠱惑農民的罷。

所以我們在社會的不同的兩種對立的例子上，可見美學領域內的很相反對的見解。

這回特將注意，向那明白的一種歷史底事實去罷。羅珂珂時代的畫在旋渦紋的天井上，鍍金的家具上，戈普蘭織品上的飛翔着的愛神，令人覺得好像格呂斯所畫的突然喫驚的老實的市民，又因爲那畫法，而成爲乾燥無味，偏於樣式，色彩不足，則又好像革命畫家大闢特所特爲喜歡的希臘羅馬的愛國者。

各個階級，既然各有其自己的生活樣式，對於現實的自己的態度，自己的理想，便也有自己的美學。

自然，一概使資產階級和無產階級對立，是不得當的。資產階級的美學——是暴發戶，商人，廠主的美學。和這一起，也還有舊式的貴族階級的固定了的趣味；有略經洗鍊，雖然往往弛緩而且乾涸了，但有時却很高雅，上等的專門家的智識階級的趣味；有可憐的市民的俗惡的趣味等。

就無產階級而言，他在那藝術品上，或在生活事情上，表明了那美學底形相的事，自然大概是並不怎樣多。這是因爲他們被綑在創造的日光所不照，即所謂「文化的地窖」裏太長久了，所以從那里便不發生一點怎樣的藝術底勢力。

在帶着無產者底性質的若干作品上，例如在受了無產階級的強烈的影響的智識者的作品，或由勞動作家所寫的作品上，表明出來的事情，因了無產階級藝術和無產階級美學的日見濃厚的發芽而被肯定，是無疑的。這些萌芽，我們在倘在苦悶的溼雲之下的開放蘇俄文化之花的春野上看見。

然而無產階級，在或種關係上，則已經由先前的或一階級和團體的創造，而表明了自己的美學底形相了。例如在開壘曼那樣，將有名的詩，給了機器和大工業的資產底工業底帝國主義，引我們向着讚美機器和生產的勞動者詩歌那邊去。不過資本家們只將機器作機器看待，作爲人類的協助者，作爲正義之國裏的偉大的建設工具的機器，是不能看見的。

在別的點上，則開壘曼和喀斯覺夫兩人，較之對於照託爾斯泰所解釋的詩的代表者們，他們互相近。就是較之對於舊的絢爛的趣味，以及用便宜的感傷，在機器中只看見恐怖和轟音和黑烟的市人的趣味，兩人之間爲相近。

從一方面說起來，當革命時代，有時是反動時代之際，在或一程度上，無產階級是和無政府底羅曼底的智識階級攜手的。前者之際，是集團底地，後者之際，是單獨底地，智識階級的藝術家，則猛烈地抵抗現實，憎恨地鞭撻支配階級，常常雄辯底地，並且熱烈地，鼓動人們叛亂。

然而在這些智識階級的作品中，往往分明地響出了明顯的絕望，歇斯迭里，從生活扭斷了的理想主義。

於是無產階級便開始來唱自己們的戰鬭之歌，一面將蘊蓄着充滿一種生氣的信念的東西，日見其多地注進那裏面去。但對於未來的地平線，則無產詩人將隨着那地平線的開拓，拿來更大的廣大，平安，和眞實的幸福的罷。

又，在以毫不寬容的嚴峻，時或以同情之淚，來描寫窮人們的生活，以無產者底熱情，赤裸裸地來敍述在資本主義底工場的保護之下的自己和自巳的腐爛了的生活的現實主義的智識者之間，也還有堤堰存在。

然而，當智識者循左拉的足迹，專心於自然主義者的客觀性，或因他所描寫的悲哀而哭泣的時候，無產階級便同時拿來可驚的客觀主義與平靜，和這一同，還送到不但將藝術家當作觀察者，而且特定爲戰士的獨特的冷冷的憤怒。

在無產階級，最爲獨創的東西，恐怕是那作品裏的集團主義底調子罷。我將智識者，智識者式作家之中的好的分子，稱爲「無政府底羅曼主義者」，是並非無故的。在智識者那里，往往有向個人主義的傾向，而勞動者，則無論是誰，都因了明白的理由，較多地感得大衆。勞動者詩人，是要成爲大衆的詩人的罷。他們已經爲大衆，經大衆，向大衆，開始唱着自己的讚歌了。

無產階級要將有這樣特質的獨創性，能夠表現出來，大概須在無產階級用了自己的手，建設自己的宮殿和許多自己的都市，在無際的壁上，畫上壁畫，用許多彫像，充滿其中，使這自己的宮殿中嘹亮着新音樂，在自己們的街道的廣場上興起大熱鬧，而看客和登場人物，都融合於一樣的歡喜之中的時候罷。那時候，無產階級裏面的資本主義的地獄所養成的集團底創造的特質，將以全力，而被表明；而無產者藝術的根本底特質，即對於科學和技術的愛，對於未來的廣大的見解，火燄似的鬬志，毫不寬假的正義感，都將在對於世界的集團主義底知覺和集團主義藝術的畫布上揮灑，而惟在這時候，一面也獲得未曾前聞的廣大和未嘗豫感過的淵深。

這便是無產者美學的一般底特質。

四　美及其種類

苦痛或快樂，滿足或不滿——這是美底情緒所不可缺的基礎。將在我們之中惹起美底情緒的一切對象，我們稱之爲美的東西，或美麗的東西。那麼，凡將快樂給與我們者，我們都可以稱之爲美麼？我們並沒有可以將愉快的東西，鄙野而悅人的東西，從美學的領域截開的根據。美味地發香的一切，滑而宜撫的一切，冷時候的温暖的，熱時候的冷的——凡有這些，我有着稱之爲美底的完全的權利。但在人類的言語裏，「美的」或「美麗的」這形容詞，是專適用于視覺和聽覺，以及以這些爲媒介的感情和思想的領域的。在陳年葡萄酒和夏天裝着冷水的杯子中，尋出美來，總似乎有些可笑，然而這時候，雖然是在極其原始底的形式，我們是有着無可猜疑的美底情緒的。

我們知道有兩種類的生命差（註）存在。即其一，是過度消費的生命差，這只在排除分明的苦痛或不滿時，纔許積極底的興奮。又其一，是過度蓄積的生命差，這和前者相反，並無先行底的苦痛，並無分明地表現出來的苦惱的要求，而得積極底的興奮。毫不稟着什麼生命力的餘剩的人，是不能自由地取樂的。他不過將環境所破壞的均衡，重行恢復。就是不過攝取營養品以自衛。自然，止飢渴，避危險之類的行動，是伴着積極底興奮的，但在這里，並無興奮的大的多樣性和發展和生長的餘地。就是，被要求所限定的。使現實的要求滿足的事，作爲歡樂的源頭，是極有限的。在出格的程度上，認識了強烈得多的積極底興奮的人，於此就明白和必要及自衛緊結而不可分的快樂，爲什麼不包在美的概念裏的緣故了。

註——生命差者，謂從生命的普通的流裏橫溢出來的事，由直接環境的影響，以及或種內底過程所惹起的。

豐富地攝取營養，具有普通狀態所必要以上的力，且是分布於各器官的多量的力的人們，是另一問題。這樣的人們，爲一切器官的保存和成長計，非使器官動作不可，非遊戲不可。而在這遊戲中，卽自然反映着作爲順應生存競爭的有機體的本質。卽遊戲者，蓋包含於日常生活上可以遭遇，然而和精力的節約法嚴密地相一致之際所發生的反應中。和過度蓄積的生命差的排除相伴的快樂，本身就是目的。但這快樂愈純粹，而且力的消費愈是規則底，節約底，換了話說，便是對於被消費了的精力的各單位，或一器官的活動愈獲得較大的結果，則這快樂也愈顯著。筋肉願意竭力多運動，眼睛願意多所見，耳願意多所聞。人類在自由的舞蹈時，將力的過剩，以最大的揮霍來放散。爲什麽呢，因爲當這樣的舞蹈之際，人類的肢體，是自由地依着自己的法則運動的。在以眼或耳來知覺事物時，應該一計及事物的特質和那知覺，有怎樣容易。凡是容易被知覺的東西，就是自由地來赴知覺器官者，或使那器官規則底地動作者，是大抵愉快的。然而在以看熱鬧爲樂的眼睛，所要緊的，並非知覺的輕快，而在豐富。熱鬧的各要素愈是易被知覺，這豐富之度就愈大。力的最小限消費的原理，在這里，是並非以吝嗇的意義，而以節約的意義在作用的。就是，所與的精力的總量，固非消費不可，但因此而得者必須力求其多。於是豐富的規則底的眼的機能，便被要求了。對於別的器官，也一樣。

蓄積了的營養的消費，即營養之向積極底精力的變化，是容許無限的多樣和生長的，所以這種的快樂，便特成爲美的快樂了。快樂所固有的自由，和快樂相伴的力的增長和生活的高揚，凡這些，是都將快樂提高到必要的要求的單單的滿足以上的。過度消費的生命差，是必要的生命差。過度蓄積的生命差，是生活和創造的渴望。前者是被消費了的精力一回復，便即中止的，和環境所給的損失爲比例。第二的生命差，是無限的。爲什麼呢，就因爲精力的闊綽的消費，即以促新的越加旺盛起來的營養的補充的緣故。這些快樂，惟在對於有機體，確保着營養的任意的補充之際，這纔能有，那是不消說得的事。倘是那器官只能利用有限的食物分量那樣的病底有機體，則對於生的歡欣，生的渴望，都是無能力。在他，節約的原理是有着別的意義的——在他，以竭力減少器官的動作爲必要。無智的野蠻人，喜歡喧囂的音樂，濃重的色彩，狂暴的運動。他還未懂得由於調整器官的活動，而能將快樂的總額，增加到幾倍。懂得這個的，是眞的樂天底的美學家。他只尊重適宜。他知道雖是非常多樣的感覺，只要將一定的秩序引進那裏面去，便易於知覺。最後，有着纖細的神經的疲倦了的頹廢者，則饜額於一切響亮的聲音和活潑的色彩。在他，灰色的色調和靜寂和陰影，是必要的。因爲他的器官，是纖弱的的緣故。在這里，我們正遇到美學底評價的相對性的法則了，但關於這事，另外還有詳說其詳細的機會的罷。

現在是，移到人類究竟稱什麼爲美呢的觀察去。

我們所知覺的現象的一切的流，由解剖的方法，被分解爲各不一致的諸要素。例如時間空間的感覺，味覺，嗅覺，聽覺，視覺，觸覺，温覺，筋肉感覺等就是。就味覺，嗅覺，觸覺和温覺而言，這些平常都全從美學推開，不被認爲美的要素。對於這事，我們已經指摘過，以爲並不見有特別的深的根據了。我們在這些感覺和別的所謂高等的感覺之間，所能分劃的境界，就如下面那樣。就是，味覺，是和空腹及飽足的感覺緊緊地聯結着的。温覺也一樣，直接地和有機體的必要相聯結。凡這些，是不隨意感覺。但將味覺的快樂，歸之於飽足的感覺，是不能夠的。味覺和嗅覺相結合或相融合，就形成着有些人們作爲藝術而在躭溺的快樂的頗爲纖細的一階梯。嗅覺則必要的範圍還要寬大，且給心理上以許多的影響。温覺和純粹的觸覺，是很有限的。然而熟臉的當風，以及撫磨光滑的或綿軟的東西的表面，是全然解脫了先行的苦痛或欲求的解決的快樂。不過這些感覺是比較底單純，與一般心理的生活和世界觀的交涉又屬寡薄的事，是成着將這些感覺，從美學的領域除開的理由之一罷了。和這一同，還有味和嗅的生理學底方面，現在尙未被十分研究，也是不愉快的事實。

但是，無論誰，也不見得說僅用這些要素，就可以創造什麼美的東西罷。雖然如此，而這些感覺，却間接底地影響於我們的複雜的知覺的美無疑。橘子，較之香烈汁多的熟了的檸檬，美底價値要少得遠——只要將檸檬一瞥，我們便感到了。引起例來，還多得很罷。惡臭能破壞一切美底情調，和芳香之能很提高美感是一樣的。香氣的作用，在所謂經驗的伴奏的意義上，並不下於悅耳的音樂的作用。

但因爲和這些感覺相應的生理底記載，在目下，我們還未了然，所以我們移到視覺和聽覺去罷。這些感覺的解剖，是對於最廣義的一切美底快感的理解，將確實的鑰匙給與我們的。

註：——就觸覺而言，則由此所惹起的快不快，我們從關於聽覺所取的見地，就可以容易地加

以說明的罷。讀者可以將下述的理論，適當地推演開去的。

筋肉底或神經底感覺，都伴着一切視覺底知覺。由此而純粹的視覺，即光的感覺，則攝取或種形式，布列於空間。這時候，要來講輔助那識別在三次元底的空間的方向的視覺底要素的相互的空間底距離的，誰都知道的眼睛的構造，大約是沒有這必要罷。使眼睛向各種方向轉動的筋肉，使水晶體縮短的筋肉，還有跟着所觀察的物體的運動，而將頭旋轉的頸項的筋肉，都能夠規則底地或不規則底地運動。首先，規則底的運動，是穩當而且節奏底的運動。實驗指示得明明白白，凡鋒利的，零碎的，凌亂的筋肉緊張，便立刻感覺爲不快。節奏底和規則底，幾乎成了同義語了。遊戲之際，加入對於視覺底世界的知覺的過程的筋肉，必須規則底地適宜地動作。我們稱之爲波狀線，正則的幾何學底圖形，直線，線的自由的跳躍，美的正確的裝飾的律動者——這些一切，是正和眼的構造的要求相應的。和這相反，斷續的線，不整的圖，突出尖角的形態等，則使眼睛屢改其方向，耗去許多努力。所以易於知覺，是成爲形態之端正，愉快的視覺底評價的根柢的。實驗在分明教示，端正的形態，於眼睛是愉快的，不規則的形態則不快。在由眼所觀察的空間內的物體的運動上，也可以適用一樣的思索。

一切的律動，豫想着後至的要素，和先行的要素相同。所以知覺機關只要一回適應過一要素的知覺，便毫無困難地知覺其餘了。凡有律動底的東西，都容易被知覺，律動底的運動，容易被再現。因此之故，律動是形式底美學的基礎。

這事，在聽覺的世界裏，比在視覺的世界裏要顯現得更分明。不但律動底的音響，被知覺爲較愉快，而律動的一一的不規則，立刻作爲不快的衝擊，反映於意識上而已，物理學家於分解其要素——調子的事，也已成功了。而且已經明白，愉快者是由空氣的律動底的震動而成的調子，音色和音階。這些愉快的音響，在悠揚起伏之際，是畫着有些複雜，然而有着規則地交替的波的波狀線的。所以聽官也分明受着和眼的神經筋肉器官同一的規則的支配。

要講純粹視覺，卽光的感覺，是困難得多了。將這些（同樣地併且也將這以外的一切的感覺）一括，而使之依照機械底的法則的假說，是有的，但這在現在，還不過是將作爲無限之小的物體的機械作用的那化學的觀念，當作基礎的假說。

我們所明白的，只有下面那樣的事。就是，極微的光（像極低的音一樣），是不快的。這使視覺緊張，不生產地消費多量的精力。又，太明的光（像震耳的聲響一樣），則使於一時撒布多量的視力（正確地說，是化學底精力），因而感覺爲苦痛。這事，是完全和我們的前提一致的。最美者，是飽和色，卽不雜別的要素，而成於同一的要素那樣的東西。色者，物理學底地說起來，則不過顯現着客觀底地，是自己內部並無分明的界限的，逐漸短縮下去的電磁波的漸進底階段。所以我們只好這樣設想，眼睛的裝置，是幾個器官的集團，那每一個，是只對於一定的波長會反應的。容許了這全然合法底的豫想的時候，這纔會明白和知覺器官的各種集團嚴密地相應的波，爲什麽在他們就成爲輕快的，愉快的；並且爲什麽當此之際，色彩的最大的濃度和強度，是最爲愉快的了。然而混合色，却使眼的各種要素，不規則地發生反應，引起疲勞來。否則，和這相反，有些時候，就被當作朦朧的無聊的東西。這所以然，全在和律動底的波狀線，較單單的直線爲美這一個一樣的原因。就是，因爲爲了美底滿足，是於知覺的輕快之外，還必須給以大的規則底的勞動的總量，卽豐富的知覺的。

我們在這里，不能進於存在各種的色之間的複雜的關係的探究了。色的連續或配合的快不快，則已由因這些而在眼中所惹起的過程，一部分是相同，一部分是相反的事實，分明給着說明了。要之，這時候，應該也作用着同一的法則的。

色之分爲所謂溫色和冷色的事實，是極其重要的。就是，有最高的溫度者，是赤色；藍色則最冷。溫色引心理於興奮狀態，冷色則鎭靜底地作用。以或種色爲最愉快的認定，是和其人的氣質以及一般心理狀態相關，到最高的程度的。病底的，孱弱的，易感的，傷感底的有機體，尋求晦暗。那是因爲眼中的精力的豐富的放散，視神經以及和這相應的在腦中樞的急速的律動，要惹起生命緊張的全部的增高的緣故。因爲響亮的音樂也這樣，明快的視覺底印象，是使物質的變化強盛，而全有機體遂被置於所謂最強有力的調子上的緣故。自然，在過度消費的生命差的一般底壓迫之下的有機體，對於由同一的原因而在具有餘力的人們則惹起積極底興奮那樣的現象，是只好極端地取着消極底態度的。但是，晦暗和靜寂，雖爲疲乏了的人們的詩人們所歌詠，却未必完全恰合於他們的要求。至少，也並不在帶灰或帶青的昏黃，冷的幾乎沒有濃淡的色彩，靜的悅耳的聲音之上。因爲晦暗和靜寂，是將病的有機體棄置在孤寂裏，說道能睡去就很好，便算完事的。然而，倘若過度消費的生命差依然作爲苦痛而存在，又怎麼好呢？但是，幽靜的音響和模胡的物象，却因爲分散注意，而令人鎮靜。就是，這些，是將興奮而在不規則地震動着的神經系統，引向緩慢的律動底的振動去的。在這里，卽存着潑剌而樂天底的，和鎭靜而撫慰的兩種的藝術的根源。在音樂上，和溫色及冷色相當者，有長音階的音調和短音階的音調。要顯示長音階和短音階的純生理學底基礎，是困難的。但無論誰，涕泣，呻吟的時候，是短音階底，笑或高興的時候，是長音階底。短音階和哀愁同義，長音階和快活同義。而這心緒，則和音的速度無關，說明起來，就是衰弱的有機體，當受到或種調子之際，因爲不能堪受，便引下半音符去，使調子變低，而反之，高興着的人，則爲了新的力氣的橫溢之故，却使調子加高的事就是。由表現高等有機體的悲哀和喜悅的這些方法聯想開去，在我，是以爲因爲衰弱的有機體，而使短音階底音樂，成着竟是如此愉快的東西的。

這樣子，由視覺器官和聽覺器官而知覺的美學底評價，是關係於有機體所支使的精力之量及其消費的規則底的程度之如何的。也就是，關係於知覺之際，眼睛和耳朵的反應，和那全構造可能完全一致與否的。語有之，曰：「人，是一切的事物的尺度。」

現在，我們在低等的感覺的領域裏，也能夠指點出施行着同樣的法則來。嗅和味，也要求或一程度的精力的消費的。「無味」這一句話，將過度蓄積的生命差的不夠辦理妥帖，表明到怎樣程度，只要看對於各種領域上的許多類似底的現象，都適用着這話——無味的文章，無味的音樂等，也就明白了。和這正相反對的，是尖而辣的味。這些是較有興味，也較有內容。這些能引起大量的精力的撒布。古希臘的鹽(細密的機智之意)這句話，就從這里出來的。然而，尖而辣的味道也能夠過度。那時候，從皺眉來判斷，即明白味覺的中心動作得太強，因此也一併刺戟了別的最近的中心了。和這一樣，最愉快的氣息，一強到過度，也就被感覺為不快。自然，雖然如此，對於何以或種氣息是愉快或不快的緣故，却還是難於斷定。關於味覺，一切味——酸味，鹹味，辣味，苦味等——在適當的程度上，便是愉快的事，是幾乎可以確鑿地說出來的，但於氣息，却不能一樣地說。總之，在短短的論文裏，對於在美學上比較底地不甚重要的這些感覺，是沒有詳細考究的餘地了。

像這樣，我們可以一般底地，定出下文那樣的法則來。就是，可以規定一個原則：凡知覺之際，和積極底與奮相伴的一切的要素，是恰如適應着人類的各器官似的，易被知覺的要素。而且這和生物機械學底法則，也全然一致的。

這些要素，怎樣地結合着而表現出來，可以因此使效果更有力。且完全置紙等的感覺於不問，單就視覺和聽覺的要素，再來加以觀察罷。凡這些，是都由律動底的反覆，而增加其效果的。這事實的意義，無須來絮說。均齊者，是律動的部分底的顯現。要知道各視覺底知覺，由均齊的程度而增加怎樣的效果，說徵之單純的實驗，也就可以分明。假如我們在紙上落了不快之形的墨漬，接着將紙對疊起來，則墨漬便染在兩半張上，雖然是最小限度，但得了有着顯著的美學底價値的那均齊底之形，却大概沒有疑義的。將一定的統一和一定的正確，送給知

覺，而知覺也同時得以輕快，許價較大了

但是，知覺的輕快之度，未必常與美學底價值相等，却是無疑的事實。一般底地說起來，則耳朶和眼睛，是常常追踪着很錯雜的不規則底的許多騷音和形態之後的。兩器官在那覺醒中，總在動作，從事於解剖混沌的騷音和視覺底斑點以及將這些安排於空間。那中樞，則從事於識別這些，卽將這些東西，統括之於由先前的實驗所獲得的綜合裏。所以凡規則底者，輕快者，便卽刻在我們的意識內，被識別爲愉快的東西。但倘將我們的注意，集中於視覺或聽覺受着一種限制的範圍內的時候，卽如我們要享樂熱鬧或音樂的時候，則我們不但要求各要素的輕快而已，並且要求印象的一般底高揚和豐富。我們是願意消費與平時幾乎同量的知覺底精力的，但希望所得的並非那未經組織化的刺衝，缺陷和痙攣底的刺戟，而是這些器官的計畫底活動的可能性。倘若不使我們注意於別的音響，而只給聽單調的音響的律動，那麽，我們大約立刻會發見其無聊。那新的各要素，固然許是越加易於被容受的。但器官受了極不足夠的活動，假使先導的精力的過度消費並不要求休息，則這種音樂，便要被當作討厭的東西的罷。（在這里，自然一定也有少數的中樞機關，因爲專來知覺了那單調的現象而起的疲勞的。）在別的處所，我們大約還要回到這事實上，指出那大的意義的罷。爲免掉這樣的無聊的印象起見，一切連續底的現象，即必須是多樣；然而這多樣性，又必須是合法底。可惜我們在這里，不能入於美學底多樣性，美學底對立等諸法則的詳細的檢討了。這之際的一般原則，是一個的。就是，知覺機關及其中樞的活動，必須保持着那完全的正確，而也達於最大限度。倘若種種的視覺底或聽覺底現象，能全部捉住這些器官所能夠消費的精力，同時律動底地規則底地使這振動——則那時候，能得到將人的全神經系統，瞬間底地捕獲於甘美的近於忘我的歡喜的一種感覺之中這最高的快樂。

但是，我們所檢討了的要素和結合，還沒有汲完了美的全領域。凡這些，都不過單是成着形式美的領域的。

一切的知覺，是在人的心理上，惹起那強有力地作用於各種現象的美學底意義上的隨伴底觀念的一定的聯合的。有時候，這些聯合底要素，比起直接形式底要素來，並且還要顯著。例如，被評價爲視覺底標本的最美的人，其實是不很正確，而且未嘗加意修飾的形體。雖在第一流的美術家的畫布上，對於未曾見過一次人們的存在，他是作爲這樣的東西而出現的罷。但在我們，和這形體，是聯合底地連繫着許多觀念的。所以美底情緒之力，就見得非常之大。這種例子，可有無數罷。而有美學底意義最多的聯合，則有兩種。是和快樂的觀念的聯合，以及同情底聯合。

熟的果實。一部是由於這是美味的這一個理由，給我們以美底印象；味覺和嗅覺的聯合，也強有力地作用於所謂靜物的美；女性的美，從性底見地而被評價：凡這些，是完全無疑的事實。

我們看見人，以他爲美的時候，縱使勻稱的臉，鬈旋的髮等，也有些各各的意義，但我們的判斷，是僅在極少的程度上，由形式底的要素而被決定的。這時候，快樂的聯合，就遠有着更多的意義。快樂的聯合，是使女性的美，對於男性成爲特是感覺底，又和這相反，使男性的美，對於女性成爲特是感覺底的東西的。然而美學底地發達了的男性，女性也一樣，却僅於觀照同性的臉，也可以得到快樂無疑。在這里，就顯現了最重要的聯合底要素，同情底要素。

別人正在經驗着的許多感覺，立刻傳染於我們，給我們以那感覺的反響，使我們歸在同一的調子上。疾病，負傷，各種的苦惱，衰弱，白痴，約而言之，凡是那本身已經成了分明的過度消費的生命差的，或是成着有機體對於這樣生命差的無力的分明的徵候而顯現的一切被低下了的生活，美學底地來看，則被知覺爲消極底的東西。反之，高漲的生活，健康，力，智力，喜悅等，是最高級的美的要素。人類的美（身體和臉都如此），是大抵被將稟有活潑豐富的心理的健康而強有力的有機體，表示出來的特徵的綜合所包括的。

端正，力，清新，潑溂，輪廓的大的臉（一般底地說，則這常是發達了的頭腦的特徵），表情底的眼——這是美的最主要的要素。於此還可以附加感覺底的要素，即第二義底的性底特徵。動物的美（對於這，大概有同一的要求。這時候，體格的端正的原理，常是應着動物的構造的一般底的格式而變化），是可以有靜底以至動底的。前者的意思，是動物雖在屹然不動，我們也能夠構成起來的美；後者，即所謂動底的美者，就是運動的美。這首先是關係於運動的優美的。我們指一切並無目所能見的努力，而在施行的最自由的運動，謂之優美。我們所行的一切努力，大抵是不快的。然而輕快的運動，則立刻由一種自由的豫感，感染我們，且伴着極顯著的積極底的興奮。

然而，將活的存在的心緒和感情，以反映之形，再現於自己之內的事，還不止此。人們的臉，是有最多樣的無限的聯合，和那運動相連繫的外界的一對象。

我們要立刻決定，對於憤怒，喜悅，侮蔑，苦痛等以及此外無數的精神底動搖，怎樣的運動是正確地相當，這事恐怕是極其困難的。我們不能在形式底的意義上，說嫣然的微笑，美於侮蔑底的顰蹙。但我們是在人們的臉上，誦讀他的心的一切音樂的。而我們的心理的或一部分，則將一切這些運動再現出來，使我們共鳴於同胞的悲哀或欣喜。

同情者，最先是供職於認識無疑的。凡動物，不可不活潑地辨識別的有生的存在，就是，友和敵所感的是什麼，在怎樣地期待他，在怎樣地對付他。而現在呢，那自然，凡是有着最發達了的感覺的銳敏的人們，只要有些抽象力，足以綜合及統馭在這範圍內的自己的經驗，便可以知道人們的心，過於別的人。但應該注意，當此之際，由於顯在臉上的別人的心的動作，而我們所被其惹起的積極底興奮，是能有二重的意義的。就是，讀着嫣然的微笑，我們可以將這人對我們懷着好意，將給我們以利益和喜悅這一個觀念，和那微笑連結起來；也可以僅是感到在這人的精神上的善良的寧靜的世界，將這反映於自己的心，而以這反映自樂。

人類不但這樣子，讀着別人以及許多動物的臉或動作而已，還要進一層，竭力想由類推法，來讀無生物，即周圍的景色，植物，建築的精神和心緒。這能力，就成着詩的主要的根源之一的。詩便將這種無生物的人格化，高聲地立着證據，我們早沒有證明我們之說的必要了。

建築學的法則的大部分，都被包括在內的所謂動底均齊，即不外於這樣的人格化的結果。假使不相稱的重量，橫在圓柱上，我們便不以爲可。這並非單怕牠倒塌（在繪畫上也這樣的），也因爲受一種印象：這在圓柱，是很沈重的罷。輕快，典雅，端正之所以到處由我們加於建築物者，和我們的到處談着憂鬱的雲，悲哀的落日，激怒的狂風，微笑的清晨之類，全然一樣的。我們在我們的心理上，會感覺到宛如從外部暗示我們似的意外的情緒。於是由帶着同情底的暗示的類推法．來豫想那活在周圍的事物裏面的精神。

從形式底的積極底的要素，即從易被知覺的要素，從生的歡欣和精力的高揚所包括的聯合底要素，從一面引我們向新的較規則底的強有力的節約底的律動，而　面使我們的生活力高揚的聯合底要素——創造出一切的美來。

所謂美者，就是在那一切要素上，是美學底的。諸要素的巧妙的結合，更可以提高這些要素的美。但是，廣義上的美的領域，由美的概念是汲不完的。折轉的線，模胡的色彩，騷音和叫喚，肉體及精神的苦惱，雖然在任何時會，都不是「美的」，然而大概可以成爲美的要素。那麽，反美學底的現象，怎麽能獲得美學底色彩的呢？這問題，是要成爲次章的我們的研究的對象的罷。

二

倘若我們將注意向那非美學底的東西的廣泛的世界，那麽，將見那世界，比是分爲全然反美學底的現象和比較底無差別的現象的。

我們名之爲反美學底的現象者，是那知覺，伴着消極底的興奮的。伴着消極底的興奮者，是過度消費的生命差的一切的狀態。這樣，我們就可以作如此想，過度蓄積的生命差，是否定各種現象構成反美學底性質的可能的。有一部分，也確是這樣。就是，生活力旺盛的人，有將一切看作不足介意的傾向。然而應該記得，問題與在全有機體的生命差無關，也不在有機體各個的生命差，而是關於在要素的生命差的。大抵，有機體縱使怎樣地蓄積精力，但眼前的輝煌的光的閃爍，也不得不惹起視力的過度消費來。聽官是恐怕能夠喝乾音響之海的罷。然而雖是微弱的騷音，也能夠破壞或種聽覺底要素，給以病底的刺衝。

凡有要求着過度而不相應的力的消費，使器官不規則地動作者，都是反美學底的。和形式底的美正相反對者，即都是形式底的醜罷。和苦痛，疾病，衰弱等相關聯的，都被內容底地知覺爲醜。然而，當此之際，我們和新的現象相見了。

人類以疾病，愚鈍——一言以蔽之，是以弱的，低的，衰下去的生活的一切的現象爲醜，是毫不容疑的。這樣的本能的發生，不但從苦痛和衰弱的狀態，也使我們的心，同情底地哀傷起來的事看去，便全得理解而已，凡有對於衰頹的嫌惡，是保存種的力，引向優良型範的雜婚或結合去的，所以也適合於目的。但是，這樣地成着侮蔑的對象的弱的人們，也還得設法活下去。他們自己的醜，在他們之前提出悶悶的問題來，不絕地成着生命差的鼓舞者。他們對於運命和神明，對於社會，對於強者和傲者鳴不平……「我們何罪呢？」他們說。然而，爲運命所虐的多數人中，則愈是添進全然不當地辱於社會者，即窮人去。對於病人，可憐人的侮蔑，在覺得自己是被棄者，是可憐者的窮人，不能是正當的感情。人們所感的同情底的苦痛，使健康者和強者皺眉，說，「將這病人弄到那邊去。」然而這同情底苦痛，在慣於苦痛的心裏，則變爲一般底的意義的「同情」。相互的同情，相互的扶助，在貧人和失敗者們，是成爲必要的東西的。於此便發生了不遇薄命的人們的道德和宗教。這便包含在苦痛是一定會獲幸福的贖罪這宣言中。於是最可怕的苦痛的種類，便漸次和天國的慰藉，或（在更加疲乏的人們）涅槃的安息的觀念相連結了。

這世界觀，旣以苦痛爲那運命，是總跟着一切民治主義的。但是，新時代的勞働底民治主義，則卽成長於勞動的過程本身中。那所過的單純的生活，和窮苦的戰鬪——這一切，當貴族底的家族在安逸和過剩的轍下滅亡下去時，確是鍛鍊了肉體和精神。於是民治主義開始自覺到自己之力了。他從自己身上拂落了不幸者們所致送的夢。而且創造那進取底的，滿以希望的，自己的道德和宗教。宣言作爲生活的意義的勞動和鬪爭，以及將基於連帶心的社會改造，作爲理想。爲什麼呢，因爲養成連帶心者，沒有勝於對最強敵的共同底戰鬪的。

所以，衰退者，不幸者，不具者，弱者，和社會底民治主義，無論那里都沒有混同的必要。

與弱者的道德和宗教相應，他們的美學也發達起來。我們還要囘向這問題去的罷。但在這里，只要說這美學，是依據着同情，贖罪之類的感情，開着向反美學底的世界去的門，就很夠了。弱者的藝術的作爲目的之處，是在將苦痛，死滅，病弱等，加以美化。而且將正義給與這些爲生活所虐的人們，是必要的，——他們在這種藝術上，收了可驚的成功了。

註——這之際，正向衰頹的民衆，是不能聯想底地知覺到可喜的現象的，加以有只好滿足於低調的音階的運命，在這里，達了圓熟之域，在近於自己的精神的低的生活的世界裏，而覺得舒服的事，也與有大大的力量。

然而，和因於羸弱的反美學底現象一同，也有別的現象。就是，也有發生較之人，較之知覺着的主觀還要強有力的恐怖的現象。恐怖是極不快的感動，是無疑的。受驚的有機體，準備着攻擊和逃走，竦震，毛竪，叫喊，失神，瞪着眼睛以送可怕的東西之後，心臟痙攣底地擠出血液來，待到恐怖一過，則來了完全的衰弱。那是乏盡一切的器官，至於這樣的。然而可怕的東西，却不會令人發生嫌忌。可怕的東西，同時也是力，所以假使這精神底的動搖，不被自己保存的本能所減弱，那麽，力的感情，該是同感底地感染於觀察者的。我們能夠使這本能暫時睡下或減弱。而我們便可以從可怕的東西，來期待強有力的美學底情緒了。實在，有比我們的生活力，還要遠出其上的生活力，我們大約是要受感染的。

事實就顯示着我們的假定完全正確。就是，藝術表現着咆哮的獅子，一切嚇人底的怪物等，而確不驚嚇我們，使我們經驗可怕的東西。「愛好強烈的感覺的人們」是藉了制止自己保存的本能的發現，以享樂力的顯現，而受着美底效果的。憤怒這東西（當然並非無力的憎惡），是愉快的情緒，是鬪爭底的情緒。戰鬪底的祖先們名戰爭爲鬪戲，詩人們描寫憤怒若狂，將身邊一切，全加破壞的英雄，來和神明相比較，也不是偶然的事。曰——

……從天幕裏，

——彼得出來。他的眼
在閃。他的臉悽愴。
動作神速。他是美的。
他全如大雷雨一般地。

——普式庚——

在最後的一行上，我們發見了所謂動底地有威力者的美的說明。伴着激烈的暴風雨和咆哮的奔流，伴着迅雷的威猛的鳴動和眩人似的電光的閃爍，伴着爬來爬去的大密雲的大雷雨，正如在原始時代一樣，至今也還使人類的想像力驚奇。尤其是南方的熱帶地方的雷雨，更令人懷抱那關於滿以憤怒的破壞底的強烈的力的觀念。當人們爲恐怖所拘，躲在角落裏，在那里發抖之間，他自然不能從美學底的見地，來評價現象的。但在人們毫無恐怖地觀察着狂暴的自然力的時候，則爽快和勇壯的活潑潑的感情，能夠怎樣地將人們捉住，豈還有不知道的人麼？這事實，即可用自然以這樣的壯麗，來放散的巨大的精力，是將力和飛躍的感情，使我們同感底地受着感染的事，來作說明的。

但是，偉大的東西，還不獨以巨大的壓倒底的動作之形而顯現，同時也靜底地作爲偉大者，而顯現於平靜中。卽從術語本身看來，美底情緒這時卽含在偉大的感情之中，也明明白白。爲什麼人們以眺望面前的海洋和太空，放眼於廣遠的地平線上爲樂的呢？也曾提倡此說，以爲人類在無限之前，雖感到自己的弱小，但一切這些無涯際，橫亙在他的意識裏，却同時也覺得愉快的。然而，藉了自己觀察的方法，一面從偉大者的觀照的感情中，一面則從自己侮蔑的感情中，能否發見智底的誇耀．却是一個疑問。總之，首先，諸君倘能在自己身上，發見那由於靜底地偉大者所惹起的歡喜的感情，則諸君便知道，這就是近於自己忘却的靜而且深的心緒了。爲什麼呢，因爲當此之際，客觀是幾乎占領着意識的全視野的。所以人們有「忘我於靜觀的歡喜中」呀，「全然沈在靜觀裏」呀等類的話。靜穆的崇敬——惟這個，乃是對於靜底地偉大者所經驗的感情。

倘若我們將「偉大」這觀念，分析起來，大概就知道，凡認爲偉大者，是空間或力的集積，爲極其單純的原理所統一的現象。海的無際的廣遠，在那波的同樣的律動上，是一律的；天空則無論我們白天來看，夜裏來看，都一樣地巨大，單純。不規則底的雲樣，不規則底的星羣，都幾乎並沒有破掉這巨大的圓屋頂的純一。一切巨大的東西，是容易被容納的。就因爲單純的緣故。倘若諸君留心於細目，或是細目大體地上了前，那麼——偉大者的印象便消滅了。但是，偉大者一面容易被容納，一面又強有力地刺戟神經系。偉大者不細分神經系統的機能；也不使神經系統對於無數的調子發生反響。但却以強有力的一樣的律動，使神經系統震動。那結果，是得到甘美的半催眠底狀態。

假如諸君半睡似的，毫不動彈肢體，出神地凝眺着微隆的碧綠的柔滑的海面，大空的蔚藍的天幕罷。在諸君之前的一切，是平穩而廣遠。眼睛描了大的弧線，自由地眺望着地平線。小小的白帆的斑點，沈在單調的景色的一般底的印象中。然而這單調，却並不惹起無聊。精神在波動。由神經系所營為的規則底的自由的作用，大概是大的。那作用，能夠使敏感的人們的眼裏，含起幸福之淚來。(淚的分泌，即證明着血液的盛行流入腦中樞以及那精力底的生活的)。倘若海上忽然來了各種顏色的許多船，倘若那些船行起比賽來，或者倘若遊泳者在海岸邊激起水花，大火輪噴着蒸汽，在港內慢慢地開始迴轉，倘若這些一切生動的巨細的光景，抓住了諸君，那麼——偉大這一個印象便消失，諸君的姿勢就活潑起來，諸君微笑，軒昂，無數的感情和思想，將在諸君的腦裏往來疾走罷。而且這是有味，也是繪畫底的罷……。但諸君大約也會感到，比起先前直面大海，忘了自己，諸君自己也恰如深的無涯際的海的一角似的時候來，感情的緊張力要低到不成比較，然而感覺器官的作用——却較豐富，較多樣了。於是有羣衆走近這里來，諸君在自己的周圍，聽到用各種言語的談天，笑的爆發。港內是宛然看見莫名其妙的人類的蟻塔一般的雜沓，的混雜。海是遮滿着幾十幾百隻船。諸君轉過眼去——喧囂和色彩和動作都太多。神經全然弄慌張了，來不及跟隨一切的蹤迹。疲乏了。感情的緊張完全鬆散。雖然是最大限的多樣，但諸君所受的有秩序的東西却太少。神經的作用變得很纖細，這錯雜，在諸君便是無聊，立刻使諸君疲乏，同時也使諸君厭倦了。

但是，移到別的假定去罷。略在先前還是靜靜的海，突然變黑，滿了噴作白色的波濤。恰如睡眠者的呼吸一般平穩的海的騷音，變成強有力的威嚇底的了。奔騰的大濤，直撲海岸，碎而沸騰，嚙着沙，愈加咬進陸地裏去。天空早被黑雲所遮，一切昏黑，鼎沸。騷音愈強，海水倒立，怒吼，嚙岸。太空宛如爲可怕的雷鳴所劈了一樣，電光的舌，落在要在混沌的擾亂中，捲上天去的波濤上。一種不可解的爭鬬，在諸君之前展開了。就是，幾個自然力，在猛烈的爭鬬之中相衝突。諸君胸中的一切都發抖，心臟快跳，筋肉收緊，眼睛發光。每一雷鳴，諸君則以新的，新的歡喜，來祝福暴風雨。而且恰如以尖利的叫聲，高興地，並且昂奮着，翺翔於天地之間的飛鳥一般，覺得爭鬪和力的歡喜，生長於諸君的內部的罷。力的發作和爭鬪這兩樣的偉大，使諸君感染其威力而奮起。爲什麼呢，因爲諸君將那威力，作爲活的發怒的力的爭鬪，無意識地容納了。

多樣之中的統一，是美的東西的幾乎不可缺的原理。因爲多樣者，是蓄積得過度了的能力的完全的撒布這意思；統一者，是使易於知覺的作用的正確這意思的緣故。但以爲據這原理，便可以明白美學的本質，却是不對的。就是，在偉大的東西上，統一有時排掉多樣，而占着優位。在繪畫，則如我們將要見於後文那樣，是多樣凌駕着統一的。美能夠將損失於多樣者，由接近偉大去，而從緊張力中獲得。美又能夠將損失於統一者，從接近繪畫底的東西去，而由比較和對立的華麗和纖細來補償。但是，關於這事，將來會更詳細地講說的罷。

我們已經說過，恐怖可以是美底。凡動底地偉大者，在這是和我們爲敵的的時候，則以將要壓倒我們的意思，常常是可怕的。爲能夠享樂偉大的和威嚇底的東西計，所必要的是大膽。惟有一定的客觀性，給我們以純美學底地來評價現象的可能。然而，主觀底的興味，對於被評價的對象的個人底關係，則惹起許多動搖和感情來，使我們的知覺的純一，爲之動搖，昏暗。由同感底的聯想，評價受了制約的時候，這事就尤爲確鑿。就是，當看見強有力的和可怕的東西之際，我們能夠同感底地感覺到力和勇氣的意識。但反之，也能夠將注意向了這樣的敵和我們的個人底衝突的不愉快的結果。凡膽怯者，是不能接近偉大的和威嚇底的東西之美的。

偉大的東西和威嚇底的東西，不但作爲那東西本身而顯現，也顯現於其結果，於其所征服的障害，於其所行的破壞。可怕的東西，威嚇底的東西——這是施行破壞，給人苦痛的。人類從四面八方，被這種不可抗底的敵所圍繞。然而對於他們，不可不用勇氣。英雄底的戰鬬，是悲劇底的場面。因爲這時候，我們不但是憤怒，征服，破壞——也直面着服從，倒掉，苦痛的力的衝突的。於人生看見悲劇底的事件的時候，我們同感底地一併感覺到爭鬪的感情和敗北的感情。就是，我們看着可恐怖者和正在苦痛者，而自己也在恐怖和苦痛。再說一回罷，恐怖和苦痛，是消極底的，但却是強烈的感情。這消極性，卽存在於以自衞爲目的的能力的巨大的消費，對於苦痛的恐怖，以及苦痛這東西，在我們裏面所呼起的痙攣底的激動中。倘抑住這些的激動，從恐怖和苦痛的情緒，除去這些的外面底的顯現，則均衡便卽改變的罷。就是，痙攣底的不規則底的作用的量，便卽減少的罷。倘若惹起恐怖和苦痛的東西，能誘起規則底的作用，使我們感染自發，勇氣，戰鬪的歡喜，又從大體說，倘若這是偉大，能在我們的裏面發起強有力的單純的動搖，則那時候，我們大概便得以享樂悲劇底的東西了。

凡是悲劇底地美的東西，如觀察者的精神愈強韌，並且那精神被征服於恐怖與其結果的事愈少，又從大體說，於成着悲劇底的東西的本質的那精神底的動搖，經驗得愈慣，便愈成爲易於容納的東西。藝術能夠特由描寫悲劇底的東西，而容易地收得美底效果。關於這事，我們已經在概論恐怖的時候說過了。凡悲劇底的東西的一切內容，都由藝術而被再現。但我們既然沒有忘却所講的是關於描寫的，那麼，我們就能夠冷靜。就是，我們能夠對於外底的動搖的印象，不生以自衛或援助爲目的的反應。將對於悲劇底的東西，取冷靜的態度；經驗恐怖和爭鬪之美；在英雄的苦惱中，他們的英雄主義之可尊重的事，教給人們者——是偉大的使命。

恐怖，苦痛也一樣，實在是由悲劇底的藝術，而被表現爲可以驚歎的一種美的東西的。這訓練我們，使在實際生活上，當恐怖襲來時，也能自制，不流優柔的眼淚，不因同時成排而倒的兄弟們的苦痛而啜泣。從小恐怖和膽怯的解放，是只能由對於恐怖的習慣的代償而得的。從苦鬪之際縛住我們手脚的易感的同情的解放——只由慣於苦痛的出現的事，纔能夠得到。而且惟有這個，是向悲劇底地美的東西，給以那最深的意義的淨化。而這在我們之中所涵養者，並非冷淡，乃是能尊重爭鬪與其力量以及緊張力的能力，能措意於創傷和沒有呻吟，勇氣，機略，機智等能力。涵養勇氣於人們中，是偉大的事業，眞的悲劇底的藝術，於此是盡着職務的。

但悲劇正在逐漸小下去。現在我們每一步，便聽到表現出日常生活的悲劇底的東西來罷的要求。然而，可惜，我們在日常生活上，尋不出悲劇底的東西來。瑣事，偏見，貪婪，下劣的自負，廉價的憂鬱和怠惰——這是悲劇底的東西的要素麼？要將死亡，疾病，不可抗底運命，一樣地壓迫一切生物的一切的恐怖，容納爲悲劇底的東西，則必須有什麼全底的東西，強韌的東西，勇敢的東西，和這些相對立。被縛的潑羅美修斯——是悲劇。但虧空公款而被告發了的一家的父親——則卽使他，他的妻，孩子們的苦痛有怎麼大，也不是悲劇。這些苦痛，能給我們什麼呢？這些能用什麼，並且怎樣將我們提高呢？這些，是使我們感染高尙的生活的麼？沒有生活的向上之處，沒有英雄底的東西之處——在那里，是不會有悲劇的。「斯託克曼醫生」——雖說那里並無特別的苦痛罷，是悲劇。默退林克的頹廢底的戲曲，則雖然全體是苦痛之海——却是貧弱的惡夢。

將衰弱的生活，不加嘲笑，却要同感着表現出來的現代藝術的傾向，是眞的頹廢。感染着死的恐怖，我怎麼能經驗快樂呢？然而，快樂是分明被經驗的。人們為了要看見平凡的人們的悲哀而下淚，又為了要在契訶夫的三姊妹和她們似的人們的生活的葛藤上感到興味，生活是應該怎樣地灰色，頹喪，凝固的東西呵。教母們在茶會時，她們是大家談些關於鄰人的一切閒話的，但還要無聊的事，想來未必會再有了罷。她們歎息，大家蹙額，互相耳語，惡意地高興。可憐的無聊的事件，在她們的可怕的空疏的日常生活上，是進展為顯著的什麼東西的。和美的偉大的悲劇底的東西一同，而可憐的，乏極的，可慘的，誰也用不着的那種美學的出現的事，是只由一般底的生活的低下，能夠說明。雖在人類生活上最壞的時代，那美底感情，也還使人們探求什麼明快的東西，強有力的東西，即使不美却是特殊的東西，而嘲笑醜惡的東西的。對於嚴肅的美學底的態度之對醜惡，雖只好完全失色，但營爲高倘生活的本領，確已在日常瑣事的糾紛之中漸漸磨耗着，吹熄着了。然而醜惡的東西的描寫，倘若藝術家由此能夠多喚起慣於生活在醜惡之中了的一切種類的聯想，以及在俗人的眼中失其醜惡，而今特使他多記起素所親密的醜惡之姿來，並且多震撼俗人的精神所習慣的活的小感情，那就成爲很有興味的東西了。

悲劇底的美的感情，漸漸在小下去的事，當講述關於悲劇底地美的東西之際，是無論如何，應該確認的事實。

註——一切這些事，都關係于革命的藝術。革命使這種藝術品成有更加無聊的東西了。

醜惡者，可憐者，羸弱者，都能夠令人發笑，一面作爲滑稽底的東西，而成美底情緒的源泉。嚴密地說，則滑稽底的東西，並不是美的東西，以滑稽底的東西的表現爲目的的藝術品，只在那是藝術底地做出對象來的時候，就是使我們容易地感受各種分明的現象的時候，纔能成爲美的東西。滑稽底的東西本身，並不是美。但是，雖然如此，却喚起美底情緒，卽可笑味來。可笑味者，是有機體的愉快的狀態，這之際，有機體的一切器官，則在自由的興奮中。

從可笑味往往被和無聊相對照之處看來，則神經系統的興奮，物質的強烈的交替——分明是可笑味的不可缺的特質。但自然，這興奮，是不得超過由有機體的能力的一般底蓄積所決定的絕對底限度，也不得超過有機體的個別底要素的能力的個別底限度的。倘若我們將有機體引向興奮，許以行動的完全的自由——則這和引他於愉快的心情者大約相等。自由的興奮和愉快——是同一的東西。然而，使我們興奮，使我們自由，將供給遊戲之力的可能性賦與我們的滑稽底東西的本質，究竟是什麽呢？

興奮者，僅在一種形式上，卽作爲生命差的解決，這纔可能。假如諸君見了什麽一種不知道的，不可解的東西。於是在腦裏，便發生生命差，普通的動作的破壞和疑難。腦就在尋求解決。就是，因為要知道對於那不知道的東西該取怎樣的態度，所以竭力來加以識別，想將這歸納於已知的東西中。聯想接連而起。能力撒布得很多量。血液的集注，也應之而增加。倘若勞動並未超過那能力的消費誘起了疲勞的程度，又倘若腦的勞動，並未被消極底的複雜情緒的要素，例如對於未知的東西的恐怖，不安，不滿等，弄得複雜，則能被經驗為一種的快感。但現在，問題是解決了。一切都回原軌。勞動完畢了。假如諸君還未疲勞，那麼，將如不至疲勞的體操之後一般，感到愉快的興奮和力的過剩。

註——將和滿足或不滿足相伴的一切情緒底特質，或色彩，例如恐怖，憤怒等，阿筏那留斯名之為複雜情緒。

最初的生命差愈顯著，所與的現象離普通的形狀愈大，則營養的注入於腦也愈強，這事是自然明白了。別一面，生命差的排除愈急速並且愈是不意地發生，則輕快的感情和力的過剩的感情也就愈高，這也是自然明白的事。滑稽的本質，是在這在心理上，惹起擬似底生命差來。

假如諸君戴了假面，去嚇孩子罷。孩子們喫了驚，凝視諸君，不安和恐怖，抓住了孩子。孩子要哭了。但諸君在恰好的時候除下假面來，孩子便知道那是諸君。孩子看見沒有可怕的了，就且笑，且喜，要求「再來一回」。

一切滑稽的東西，都以這方式作用着的。滑稽的東西是獨創底，和普通的東西很不同。但這不同，在次一瞬間便被表明爲假想底的或不很重要的東西。

人類的容貌和普通的模樣略有偏倚者，都是滑稽。但倘若這些超過了一定的限度，就成爲可嫌惡的，不具的東西了。些微的不合式，也是滑稽——到更甚，就惹起憤懣。些微的不幸和災難，是滑稽——但更大者，則呼起同情來。凡這些時候，我們是有着爲覺其無意義的思慮所貫通，而且以意外的容易所解決了的，未完成的形式上的嫌惡，憤懣和同情的。

我們當觀察或種現象的時候，我們豫期着那現象的或種自然底的結果。倘若這並不立刻顯現，而那現象走了意想之外的方向，則我們經驗着一種的刺衝，或者認眞地沈思，或者覺到了那偏倚之無價值和單單的假想底的意義而失笑。

假如那見解爲諸君所深悉的諸君的朋友，突然在諸君所不相識的人們的集會之處，說出和他平常的見解全然矛盾的意見來了。那就使諸君疑惑，喫驚。諸君和他一同回去，一面認眞地給他注意，說是「參不透那言動」。「那里，自己的意見我是一點也沒有改變的——我不過給他們胡塗一下罷了。」那時候，諸君將因疑惑的消滅而失笑罷。但同時也生起「可是給好朋友們發胡塗，豈非不很好麼」的思想來。諸君便再用認眞的調子，給以這樣的注意。他說，「是的，但他們不是十足的胡塗蟲，半通不通麼」，並且將這用事實來證明給諸君看。那麼，諸君又將因自己的疑惑的落空而失笑了。較之這事，所笑的大約倒在想起了那半通不通怎樣地將諸君的朋友的假設底的思想，認眞地發着議論的情形。爲什麼呢，因爲一切錯誤，全是滑稽的緣故。因爲那滑稽，是含在和情況不符的行爲之中，那行爲的不相當底的對比之中的緣故。但是，倘錯誤招致重大的結果，那就成爲可嫌忌，可害怕的了。

一切的機智，都無非是會話和議論的普通的進行的破壞。倘若這是含有認眞的意義的奇警的思想，則於各種問題上，投以意外的光，使諸君的智底作用，容易起來，便不僅作爲輕快的東西而發笑。然而純粹的機智，是常常存在意外的對比之中的，那對比突然惹起驚愕，於是諸君叫道，「哦，原來如此！」而失笑了。

愚鈍也是理論底地正確的思想連續的破壞。假如有誰說些獃話，諸君便像對於機智一樣地發笑。然而倘若這愚鈍，或其中所表現的或一人物的無智，帶來不快的結果，那麼，諸君就要嫌忌的罷。

要之，可笑味的情緒這東西，是起於什麼強的，約言之，則消極底的情緒，就是疑惑，恐怖，不平，嫌惡，憤懣等——突然從抑制狀態，得到解放之際的。

我們的關於滑稽的東西的觀念之正當，那最好的證據，是將和滑稽底的東西的知覺相伴的笑的生理學底現象，加以解剖。

我們有着顯著的生命差，就是，由於在血液集注於或一器官的形狀上的能力的強度的流入，因而回復了的能力的流出。說起來，便是罅隙驟然合上了。不絕地輸送營養的器官的作用，有停止的必要。因此而本能底地使別的器官活動，使營養的處理歸於平均。先前曾在作用的器官的能力，便擴充而刺戟鄰接的器官了。這時候，腦中樞則照一定的順序，去刺戟運動中樞，其時因此所惹起的運動之量，是由皮質中樞的先行刺戟而決定的。就是，最先，是臉的筋肉動作了。我們稱這為微笑。於是全身逐漸運動起來。我們就笑，哄笑，拍手，頓足，絕倒，恰如痙攣似的輾轉。

笑，哄笑，卽胸壁的振動和肺內空氣的痙攣底放出——凡這些，據赫拔式．斯賓塞的意見，是有着減少有機體內的酸素之量，使血液的酸化變弱，因而也使那作用之力變弱，而從已經太過度了的勞動，保護腦髓的價值的。

我們不能進於滑稽的一切領域和笑的許多形式的詳細的研究去。只在這里說一聲：以善良的寬大，觀察許多事物，指摘各種的特殊性和差別，而不加以認眞的意義者——是成着幽默的本質的。假使我們從高處，並且輕蔑底地來對事物，則也如善良的寬大一樣，卽使許多東西，是有憤懣的影子的，但也在我們裏面招起笑來——這是諷刺的本質。在輕妙的諷刺裏，笑爲多；在惡毒的猛烈的諷刺裏則憤懣勝。例如試去一留心在論爭上激昂了的對手，說着「你的意見完全是滑稽的」那樣的事實，就是頗有興味的事。人們在這時決沒有笑，是沸騰着的。然而他不過是想用了這話，來說那意見其實不必認眞對付，却有用了笑的方法，來除掉所設定的生命差的必要罷了。笑的解剖，至今誰也還沒有完全地施行過。然而笑的各種的形態，是令人深深地窺見人們的精神的。爲了這事，自然，必須專門底的龐大的著述。

註——綏黎的研究，伯格森的研究，都難說是十分滿足的東西。

倘若滑稽底的東西，即使惹起不可疑的美底情緒，却還不屬於美的領域的，則關於類型底的東西，也就不得不一樣地說了。美學的範圍，不但不爲美所限，且也不爲最美的東西所限。雖在最狹的解釋上，美學也含着類型底和滑稽的東西的。因爲我們倘將這兩種，在論美的種類這章裏觀察起來，則滑稽底和類型底的東西，照原來雖然決非美，但在藝術上，却作爲美的有力的要素而顯現的緣故。在天然中，類型底的東西的全部，是未必一定美的。然而在藝術上——全部是無條件地美。因爲當藝術作品的知覺時，在普通的要素上，又加上關於藝術家的手段和那構成力的思想去了。契契珂夫（果戈理著作中的人物）並不美，我們不會酷愛他。然而我們雖然侮蔑着他，第一，却喜歡他是類型底的，第二，則酷愛果戈理的天才。詩底小說「死靈魂」（果戈理作），在那內底意義上，是可怕的。但在覓能聯想底地呼醒關於人類的天才之力的觀念的這作品上，却是美的。

假使我們在實生活上，和果戈理的不朽的作品的一切人物相遇，那麼，我們決不會感到高揚底的情緒的罷。但倘若我們是觀察者，便也如自然科學者的喜歡有興味的類例一樣，大約還是喜歡他們的。凡有類型底的東西，是呼起和從美及高揚的見地來看的評價無關的積極底的評價的。

什麼是美的呢？就是在一切要素上，是美底，由美底的線，色彩，音響等所成立，而喚起快樂的聯想的東西。什麼是偉大的呢？就是將諧調底的律動，傳給我們的神經系統，將高尚的生活，使我們感染的東西。什麼是美學底的呢？就是對於被消費的能力的單位，給以非常多量的知覺的一切。

所以，假使雖然醜而且無價值，但仍能在我們裏面，呼起許多的觀念，或者有一現象，是給與把握別的許多現象的可能者，出現於我們之前，那麼，我們就積極底地來評價牠。這是類型底的東西的時候。類型底的東西，是教訓底，給與在一個形象中，網羅許多東西的可能。我們看見醜和無價值的東西，能是美底。但倘要這樣，必須將所觀察的事物的醜和貧弱，加以或一程度的忽視，不將這太活潑地具體底地知覺，較之感情，倒是由理智去知覺牠。這無非就是科學底的認識底的態度。在實際類型底的東西上，我們是從美學移向科學，從美的規準移向眞理的規準的。這卽是兩者的親近之度的證據，而同時也於兩者之不同，分明給了特色。能享樂類型底的東西者，只有理智底的人們。他將如萊阿那陀・達・文希那樣，以興味來描類型底的殺人者罷，但情緒底的人們却相反，大約是要懷着恐怖和嫌惡，從這半人半猿轉過臉去的。

獨創性是滑稽所不可缺的要件。但並非凡有獨創底的一切，都招起笑來。凡較常態有所偏倚者，喚起注意，提高有機體所行的作用，是自明之理。這種的高揚，倘若獨創底的東西的性質愈是一般底地美底，大約就愈愉快。笑，是只起於較大的智底緊張，被解決於意外的容易之際的。凡是提高注意的現象，其特色都在作爲獨創底的東西，或是有興味的東西。在別的事情上，則獨創底的事物，對於蓄積着一些能力的一切心理，皆較之普通的事物，美學底地高尙。這事，在人類，幾乎是成着普遍底的規則的。當過度蓄積的生命差已以倦怠的感覺之形而出現時的能力的顯著的過剩之際，則能力放散的欲求，使獨創性成爲比美尤爲可喜的東西。但是，從別一面說，凡是有着收支僅能相抵的保守底的腦髓的人們，則看見一切獨創底的東西，就覺得不滿。

赫拔忒・斯賓塞對於近時人們的喜歡將書籍的開頭印得不均等，換了話說，就是將事物的普通的合理底的外形，加以破壞的事，表着強烈的不滿之情。據他的意見，則這是將來的野蠻主義的徵候。其實，新的書籍，是決不美於舊的書籍的。然而，却是獨創底的。想由獨創性以提高美底價値的傾向，卽所以顯示社會上的飽滿和倦怠的程度。

獨創性的尊重，開始於普通文明的圓熟期。整頓，諧調——美的要件——成了一種因襲底的東西，於是從新在不整頓的裏面，開始來探求美底情緒的源泉。當論究藝術的進化之際，我們還要講到這現象的能。自然，雖然並非一切，不整頓的東西，便在飽滿的人們，也是愉快的。他們在尋求繪畫底的不整頓。而「繪畫底」這句話之所表示，是這不整頓卽使是自然底的所產，其中也應該有一種技巧底的，意匠底的，恰像畫家的考案那樣的東西。

其實，在繪畫底的不整頓之中，是藏着難以捕捉的整頓，能夠感到組織底精神的。成着出色的，而且最單純的例子的，便是所謂黃金截率。單純的比例，卽全體的互相關係的長度，在大體上，較之不規則的關係更其容易被知覺。那自然，這樣的比例，是可以從由於幾個的一樣的運動之助，卽由於運動的一定的律動的媒介而被目擊的事，得到說明的。然而和兩等分，四等分，或中央和兩翼，卽三等分，五等分這些均齊底的分割的美學底意義一同，也不意地顯現了在中央和兩端的關係上的線的分割。(卽小邊對於大邊之比，和大邊的對於全體之比相等——1：a＝a：B)。宰丁在人類於自己的身體的比例，以及自己的書籍，箱篋，門戶，窗門等，都有進於一樣的比例的傾向上，看見了一種神祕底的東西。這傾向的普遍性，自從偉大的精神物理學者斐錫納爾的周到的研究之後，巳經頗爲脆弱了，但對於這種分割的一種愛執，却還是存在。這大約確可以用了黃金截率是「對稱」和全然一面底的「不對稱」的一種中間底的東西的事，給以說明的。當此之際，在第一的時候，「較小的」邊等於大的邊，在第二的時候，則等於零。

實在，這種幾乎難以捕捉的微妙的法則，是自行規定着不整頓的繪畫性的。然而將美底快樂的源泉，發見於不整頓的客觀裏的可能，在缺少明白的法則之處，捕捉緻密的合法性的可能——很擴張了美的範圍。將希臘彫刻的古代期的均齊底的彫像和古典期的自由比較起來，或者將文藝復興期大作家們的繪畫的自由的構圖和凝固了似的中世紀聖像畫家的均齊比較起來看就好。但單是形式底的繪畫性，於強的印象尙有所不足，那是自然明白的。對於繪畫底的東西的敏感之變的生長，和對於自然的漸大的理解相偕。而自然的多樣性，由明白地表現着的純一，得到把握的事，却殊爲稀有。光耀的純一，性質的純一——這於風景的大部分，是藻飾，——所以「繪畫底」這句話，就最是屢屢適用於自然描寫上了。

然而個個的多樣的部分，自由地投散於難以捕捉的美底不整頓中的繪畫底的風景，卽使在那色彩和線上是美的，也不能令人眞覺得美。惟在那風景是偉大的，不以聯想底要素爲必要的時候，我們自己纔將不盡之美移入自然中，反應自然之美，而靈化其特質。我們在美之中，卽加以美由聯想而在我們的內部所惹起的情緒。荒涼的巖石，險窄的鳥道，波濤的飛沫，神奇的光線等，令人懷抱傲慢的孤獨，惡魔底的力，或者關於選取這樣處所的勇敢的遯世者們的思想……。積雪的平原，爲薄霧所遮的月，茫茫的青白的遠景，輒令人念及無窮的寂寞的路，黯淡的，灰色的沈思，前途的絕無希望的事。心理愈是印象底，則見了易於變化的自然的面影，心理卽愈是迅速地爲種種的感情所拘執，並且將自然的不可解的特徵，翻譯爲自己的人類的語言。指在我們裏面，惹起不看慣的形象和感情的風景，我們名之曰幻想底。一般底地稱爲幻想底者，是那獨創性超出了在現實上的可能性的界限，而又不因那非現實性，惹起什麼重大的生命差的一切的東西。在自然界，刺戟我們的幻想，卽在腦裏呼起自由的遊戲的一切，是愉快，而且美底的。倘若我們的幻想，當此之際，因惹起這來的現象的溫和的愛撫底的特質，而在柔軟的幸福的調子中動作，我們便指這樣的現象，稱之曰詩底。

繪畫底，幻想底，詩底——這些術語，都在指示着由人類的創造而結合爲一的要素。凡繪畫底的東西，和幻想底和詩底的東西結合起來，卽可以移入美的領域，較之滑稽底和類型底的東西，尤有更大的權利。然而令人在一切現象中，愈加發見許多的美的人類的美底發達，有時也間或成着病底的性質的。因此之故，而人類的美底發達，一面探求着獨創底的東西，近於微妙的繪畫底的東西，一面却移入了對於虛飾底的，而且非常纖細的東西的愛執。在健全的人們，或種煩膩的奇怪的現象之美，有時是全然不解的。雖然惹起立誓的唯美主義者們的歡喜，但在這些唯美主義者們，美者和偉大者，是成了卑俗的和平凡的東西了。在這些現象中，最爲不快者，是有將趣味的獨創性加以誇耀的愚劣的自負，混在直接的美底感情裏面的事。凡人類，可以說，倘若示以美底快樂的現象的分量愈多，便愈是美底地發達着。我們倘一想不但理解美的和偉大的，並且也理解悲劇底，喜劇底，獨創底，繪畫底，類型底的東西的人們之前，展開着幾條路，那麽，我們就知道要想像從最有興味的方面來觀察一切事物，而能將那美底價值示給別人的天性，並非難事了。惟這個，乃是眞的唯美主義者。以趣味的纖細爲榮的人們，決非在人類發達的進步底的步伐上的開拓者，而是一種奇怪的複瓣的花朶。眞的唯美主義者，雖「他們的美」也能理解，但在自己裏面，藏着從享樂全人類，卽野蠻人或小兒也能享樂的東西上，也會看出美來的才能。

凡得以美學底地享樂幾乎一切的客觀的可能，是由於生理學底地腦髓構造的微妙，或多種多樣的聯想的大大的豐富的。眞的美學者，如精巧的機械一樣，每受一回外來的一切刺衝，卽在自己的心中，生出音樂底諧調來。自然，用這方法，就已經容易陷於善感的忠厚，失掉識別美醜的可能的了。然而人們則藉了各種評價的謹嚴的區分而得免。就是，將類型底的惡人，我能夠因其類型底的而鑑賞他，但同時也意識到他的精神和肉體的醜惡。美的各種的規準，判然地活在發達的評價者的心中。他不將獨創性和美，美和偉大性，滑稽底和類型底，混同起來。他能夠從最有利的見地，來觀察現象，將牠享樂，一面也批評底地加以觀察，而鋒利地抉剔其內部所含的一切的缺點。能夠嚴密地區別觀點的本領，是重要的美底才能。這才能，生理學底地，是在我們使別的器官減低作用，而使唯一的或一器官完全動作，以知覺事物。就是，在於不以眼睛，而以口蓋來感覺蠣黃，用眼睛去看孔雀，却不傾耳於牠的叫聲那樣，抑下別的，而只使一種適宜的聯想，發展起來，以知覺事物。美學底地知覺事物云者——就是用了事物所可以惹起最相適應的活動的器官或腦髓要素，來知覺事物的事。也就是在能夠從美學底見地，給以直接興奮的評價的那麼高的程度上，來知覺牠。但是，倘若我們要將或一事物，不在我們的個人底關係，而在最高的美，即對於種之完成的關係上，加以評價，則我們便立刻變更觀點，在聯想中將所與的現象拿住其結果，而着重於這對於人類發達的能留影響之處。最後，從眞理的見地觀察現象云者——那意思，就是竭力完全地知覺那現象，同時又全不顧及感覺的感動底色彩，而惟以僅有客觀底的知覺的觀念，概念，以及純粹感覺爲憑依。人類的意志，是恰如共鳴器一樣，有時將這種聯想加強，有時將別種聯想加強，這樣地決定那將來的進行的。就是，意識的最高中心，有時和這種器官，有時和別種器官相結合。我們的意識，又能將光注在客觀內的一團的現象上，而遺棄其餘於局外的本領，大約也確是重要的適應性。據我們看來，這在最廣義的美學上，即關於直接感動的評價的學問上，也有很大的意義的。倘若我們仔細地來觀察這適應性，便知道那生物學底意義，是含在下列各點裏面的罷。就是，將現象正確地加以評價，能在愉快的東西中，識別其有害者，在可嫌忌的東西中，識別其有益者；能將於此處有害的東西，有益地用之於別處；約言之，便是能夠多方面地對付事物。爲什麼呢，因爲在實際上，各事物是由於事情之如何，而對於人類有難以汲盡的多種多樣的關係的。在對於人類這有機體的一切直接底以至間接底關係上，認識事物的事——卽是完全地認識事物的意思。這樣的認識，是科學底，也是美學底，而且在最廣的意義上，也應該是實際底。這樣的認識，於內則豐饒人類的精神，此外則使人類爲事物的主人，在他面前展開進向幸福的路，給他從周圍的一切裏抽出這幸福來的可能。認識，幸福（或是美，這是同樣的東西。因爲幸福是我們本身和世界的美的感覺的緣故），善的理想，是融合編織在生活一種努力，卽對於諸調底的絢爛的發達的努力之中的。對於力的增進的一切步武，協助內底世界和外底世界的調和，這調和，又使力更加強大，這樣而無限量地，或說得較爲正確些，則只要進步不停止，就繼續着這狀態。

五　藝術與生活

一

生命者，是怎樣的東西呢？活的有機體者，是怎樣的東西呢？

有機體者，是有着種種物理學底和化學底性質，常在相互底關係之中的，固體和液體的複雜的聚合體。這聚合體的各種各樣的機能，是互相調和，而且有機體，是以自己本身而存在，且以不失其自己的形體底全一性之形，和環境也相調和的。有機體自己的肉體的一切要素，即使常常變易，但自己的形體却作爲大致不改的東西而存在之間，有機體有着這自己保存的能力，即雖遭環境的破壞底作用，却仍有恢復其自己的流動底均衡的能力之間——我們便稱之爲活的有機體。死的有機體，是被動底地服從環境的機械底，氣温底，化學底作用，且被分解爲那組成要素的。那麼，生命者，是自己保存的能力，或者說得較爲正確點——就是有機體的自己保存的過程。有機體的自己保存的能力愈偉大，我們就可以將這有機體看作較完全的，較能生活的東西。倘若我們將有機體在那大概常住底環境中，觀察起來，大抵便能夠確認，那有機體和那環境之間，確立着一定的均衡，而且有機體對於那環境的影響，漸次造成最相適應的若干的反應。每當對於有機體是本質底的環境的變化之際，有機體便或則消滅，或則自行變化，以造成新的反應，而且這也反映於那機體機構上。在對環境的順應作用的過程中，施行於外底作用的影響之下的有機體的機構的變化，可以名之曰進化。在比較底地不變的條件之下，則造成對於所與的環境，比較底理想底的有機體來。就是，造成在所與的條件下，能最適於生存的有機體。這樣的有機體，是有一個大大的缺點的。那有機體的各器官，對於一定的機能，愈是確定底地相適應，則一逢條件的變化，有機體便愈成爲失了把握的東西。新的影響，是能夠忽然使這保守底的有機體的生存，陷於危險之中的。因爲在自然界中，不變的或均等地變化的環境，是幾乎並不表現着普遍底的法則的，所以有機體爲要生存，則不能使那反應的一團，和自然相對峙，然而又不得不和外底作用的特殊性相應，而有所變化。所以，最是善於生活底地，理想底地，完成了的有機體云者，大約便是能將在一切條件下足以維持其生命的多樣的反應，善於處置的東西了。

這樣，而易於變化的環境，便見得是育成有機體的要件似的。從被環境所惹起於生活上的反應的全部中，終於由選擇和直接適應的方法，造好了自衛，襲擊等各種手段的豐富的武庫。於是有機體和環境的戰鬬，就愈加機敏起來。爲什麽呢，因爲機智和適應性——不過是所以顯示發達到高度了的有機體的同一的特質的，兩個不同的表現。

由此就明白，那有機體所住的環境愈易於變化，則那有機體便不得不在適應的過程中，造成較多的反應，而且在一切種類的危險裏，愈加成爲機智底了。爲什麼呢，因爲這機智和適應性，乃是經驗的結果。

理想底的有機體云者，是那體驗捕捉住一切存在（環境的一切作用），而那機智，征服對於那生命或生存的一切障害的東西。

使有機體由新的複雜的易變的反應的完成，退了開去的一切進化，我們可以名之曰退化；因了適合目的而反應愈加複雜的器官，使有機體更爲豐富的一切進化，我們可以名之曰進步。

爲或一個體的保存起見，退化可以有益，進化有時也能夠有害。在實際上，假如複雜的有機體，陷於那器官的大多數已非必要的環境中了，則這時候，這些器官對於有機體確可以成爲有害的東西的罷。然而，大體地，並且全體地說，則進步底進化，是使生命在自然界中愈加強固的。我們在人類裏，看見這樣進化的榮冠。

假使我們將在安靜之中的，卽在和那環境十分調和之中的有機體來想一想，那麼，在我們之前，便將現出或一確固的過程，或一可動底的均齊來罷。和這均齊相背馳的一切事實，我們就名之曰生命差。生命差者，是從生命的普通的規則底的長流，脫了路線的事，無論這是由環境的不慣的作用直接地所惹起的，或是由什麼內底的過程所惹起的，結局是一樣，就是，由環境的這樣作用的間接底的結果，而被惹起的東西。

一切生命差的設定，在若干程度上，總使生命受些限制和危險。如我們由經驗而知道的那樣，凡有機體，是將外界的影響，作爲感覺，而體驗於自己的心理的。而那反應的大多數——則是對於這感覺的囘答，目的是在將這感覺消滅，或增大，或維持。那麼，就當然可以料想，在有機體中，是完成着順應作用，在將有益於生活的過程，加以維持，或將有害的過程，竭力使其消滅的。

作爲這些順應作用的心理底表現而出現的，是苦痛和滿足的感覺。倘若外底的刺戟，惹起生命的動搖，將危及有機體的均衡，則這刺戟，即被經驗爲苦痛，爲苦惱，爲不快。在有機體本身中的或種破壞底的過程（外底影響的間接底結果）也一樣，被經驗爲疾病，爲沈悶。和這相反，將破壞了的均衡，恢復轉來的一切外底作用，以及目的和這相同的一切反應，則被感受爲快感。由這內底和外底要件之所約制，有機體的感覺所表示出來的消極底或積極底色彩，我們就稱之爲積極底興奮，或消極底興奮。

於是我們就可以這樣說了。凡是直接有利於生命的一切東西，卽伴着直接底的積極底興奮，給生命以障害的一切東西——則伴着消極底興奮。興奮云者，不過是在有機體全部上，或那有機體的一部分上，生命有分明的增進或衰頽，而這在心理上的反映。這很容易明白，苦痛，卽生命的低降，有時就如一種苦痛的手術一樣，爲救濟生命計，是不可缺的有益的事，而和這相反，快樂，卽生命的高揚，有時是有害的。如作爲這樣的快樂的直接的結果，後來非以更大的生命的低降來補償不可的時候就是。然而直接的興奮，是作爲最初的順應作用，並不慮及那過程的遠在後來的結果的。這是留在先見底理性上的問題——雖然卽使說是與奮底色彩，自然也和時光的經過一同變化，能夠成爲更其順應底的東西。理想底的均衡，伴着怎樣的興奮的呢，這事，因爲我們大概是觀察不到那樣的均衡的，所以無從說起。但是，我們可以假定，絕對底地未經破壞的生命的均衡，是恰如無夢的睡眠一樣，大約全然不能知覺的。在我們自身和別的有機體中，使我們知覺爲生命的一切，是這樣的均衡的破壞，是這樣的破壞的結果。

從這里就引出這樣的結論來。苦痛者，是一種初發底的東西。說得的確些——則是均衡的破壞。快樂者——是一種後發底的東西，只在破壞了的均衡的恢復的時候，卽作爲苦痛的絕滅，纔能占其地位。

但是，這樣的結論，是全然不確實的罷。

問題是在有機體和環境的相互作用，是有兩面的。從一方面，環境將有機體破壞，使有機體蒙一切種類的危險。而有機體則用各種方法，在這環境中自衞。

從別方面，這環境又給有機體以恢復和保存的要件。這並非單是刺戟的環境，乃是營養的環境。有機體爲了自己防衛和自己保存，勢不得不常常放散其能力。而這能力，又常在恢復，必須將必要的分量，注入於有機體的各器官。各器官便各各呈着特殊的潛在底能力的一定的蓄積之觀。而各器官則在環境的影響之下，導這潛在底能力於活動。於是蓄積就不能不恢復了。倘若能力的消費，多到和這同量的恢復竟至於不可能，或是能力的流入（以營養物質之形），少到不能補足普通的消費的時候——則器官便衰弱，均衡被破壞。而消極底興奮，於是發生了。但均衡的破壞，恐怕在別方面也是可能的。倘有或一器官（重複地說在這里：顯示着被組織化了的潛在底能力的一定量的器官），多時不被動用，那麽，向這器官的營養的注入，完全成爲無需。這注入，就不變形爲必要的特殊的能力，卽不被組織化，而分離爲脂肪樣的東西。到底，營養的注入不但逐漸停止而已，因爲不被動用的器官本身的組織也被有機體所改造，所以器官不是變質，便是萎縮。

在營養過剩這方面的均衡的破壞，最初是全不覺得沈悶的。只在久缺活動的時候，纔有沈悶之感出現，好像器官在開始要求活動。這沈悶之感，就如久立的馬，頓足搖身的時候，或人們做了不動身體的工作之後，極想運動一下的時候的感覺一般。

和營養分的過度蓄積相伴的消極底興奮，較之和能力的過度消費相伴的興奮，更爲緩慢，更不分明，是很可明白的事實。均衡的這樣的破壞，像以直接的不幸來危及有機體那樣的事，是沒有的。然而，在久不動用的器官中的能力的急激的發散，則被經驗爲快樂。倘若物質代謝上的停滯，不給人以苦痛的感覺，則代謝的速進，只要這不變爲疲勞，就是營養的注入足夠補足其消費，即被經驗爲快樂。倘若被消費了的能力的恢復，和積極底的興奮相伴，那麽，過度地蓄積了的營養的消費，也和積極底興奮相伴的罷。在營養的過度蓄積的或一定的階段上，就已經感到運動和精力消費的隱約的要求。當消費的最初的瞬息間，有大快樂，至於使有機體並無目的而躭溺於此。過度地被蓄積了的營養的，這樣的無目的的消費，這營養向各種器官的特殊的能力的急速的變化，以及那能力的撒布——我們名之曰遊戲。和有機體的遊戲相伴的積極底興奮；是有大的生物學底意義的。這興奮，助成器官的保存，保證進步底進化。

倘將在我們所確立了的兩種生命差的術語上的進化，加以觀察，這事大約就完全明白了。

假如有機體落在環境的或一新影響裏了，或是必須將自己的什麽機能（爲了完成工作之故）增強到遠出於普通限度的時候，那是明明白白，我們是正過着必當除去的能力的過度消費的生命差。然而這生命差，能用兩種方法來消除，也是明白的事。就是，以爲工作過度了的時候，要除去這不調和，則將工作減少，或將以營養之形的能力的注入，更其加多。在有機體，這兩種方法是非常地屢屢一樣地見得可能的。這兩種方法之一，是整形底——爲增進自己的精力起見，做出新的複雜的反應來，或者將較不習慣，然而較爲經濟底的反應，來替換或種反應。又其一，是被動底方法——只將工作拒絕，退却，迴避，忍從，萎縮能了。凡生命差，或積極底地（由於增加全有機體或是或一器官的能力的總量，或者完成別器官確能援助一器官的新的順應作用）而被除去，或者以被動底的方法（由於逃避新的任務）而被除去。生命差的積極底解決，招致有機體的分化，使那有機體的經驗，機智，一般底的生命力增加。然而被動底解決，即使做得好，也是置有機體於舊態上，而且往往縮小那有機體的生命的領域，招致部分底死滅和或種要求的萎縮的。

取了例子來說明罷。假如有或一人種和動物的種族，侵入了先前是別的人種，別的種族所占有的領域裏了。於是生活就艱難起來，一切的要件都一變。無論是侵入者直接地襲擊土著民，或是侵入者和土著民相競爭，使食料和別的生活資料更難以得到，都是一樣的。土著民們可以反抗。或者想出和這新的敵人打仗的最適宜的戰法，作直接的鬬爭；或者用了將獲得生活所必需的一切東西的機關和武器，造得更加完全的方法，來行反抗。但他們也可以較之力的緊張，更尊重平和和貧弱的生存，服從運命，而離開那土地，逃向遠方，愈加逃向惠澤很薄的土地，占着作爲臣僕的隸屬底位置。於是他們漸慣於營養和食料的不足，那發育也可以縮小起來。在前者的時候，即在以積極底反抗或用完善的方法來競爭的時候，新的敵人的侵入，於民族和種族是極有益處的，使勇氣，敏捷，敏感，智性等，都臻於發達。在後者的時候，則敵的侵入，使土著民的生活程度，降下幾段去。

西歐的積極底的人們，一遇一切苦痛，不快，不幸，即力究其原因，並且竭力想將這用決定底的手段來療治——東洋的被動底的人們，却用痲醉劑以毒害自己，否則只浸在宿命觀中。前者是現實底地除去生命差，後者則對於生命差掩了眼睛，裝着無關心，將意識的範圍收小。那結果，是自然明白的了。

積極底地或被動底地，來解決生命差的傾向，是由於非常複雜的繁多的原因而被決定的。在這里，我們不來涉及那原因的探究。

和這一樣的事，我們也見於生命差的別的種類中。假如有機體有了營養的過剩了，而有機體正在或種有利的條件之下，並無消費掉營養分的全量的必要。並且作爲這事情，是因了無關係的不被組織化的物質（譬如脂肪組織）的過度的蓄積，而使有機體不安的罷。這種生命差的被動底解決，是在減少相當的營養量。當這樣的解決之際，由有機體所代表的能力的總量，便下降了。而不被使用的器官，則開始萎縮。這些器官，其要求營養將愈少——而從環境的力的襲來，有機體卽因活動的停滯的結果，便將近於最小限度。這樣的有機體，那自然，必然底地要滅亡的。因爲卽使有利的時期過去，而艱苦的時期復來，那先前的適應性也早經喪失了。

成爲上述那樣生命差的積極底解決者——是遊戲，卽精力過剩的無目的的消費罷。這消費，對於諸器官，給以能夠十分活動的可能性，不但藉此有益於自己保存而已，並且使之強固。其實，向着實際底的目的的諸器官的活動——或那諸器官的勞動——是跟着各種的必要，又隨事情的如何，總不能不有些成爲不規則底的。例如一切勞動，在向律動性而進，是分明的事實，但在這努力上，却時時遇到難以征服的障害。然而在遊戲上，諸器官却以完全的自由而顯現的。就是，在這些諸器官所最爲自然，和全機構的完全的一致上，將自己表現——在這里，有由遊戲得來的特殊的快樂，有爲遊戲之特色的自由的感情。當遊戲時，有機體是以最正規的生活而生活着的。就是，在必需的程度上，消費些能力，於是只依着自己，即只依着自己的組織，而享受最大的滿足。

註——例如遊戲體操。

遊戲着的動物，是在自行鍛練的動物。我們爲什麼說遊戲是進步底進化的保證的呢，到現在，大約已經明白了罷。

在將一切種類的生命差，積極底地解決着的動物，是在發達着，以向理想底的有機體的。這動物在努力，當環境的一切變化之際，則完成新的機能；爲了一切多餘的消費，則發見新的力的源泉，又對於一切精力過剩，則發見實際底地有益的計畫底的工作。

當生存競爭時，積極底有機體勝於被動底有機體，進步底有機體勝於單是順應底有機體，這是無可疑的優越性，以這優越性爲基礎，可以假定如下文（能否用確信來肯定呢，却很難說）。就是：力的生長，生命的進步，是和積極底興奮相伴的。也就是：在一切有機體中，固有着對於力的渴望，對於生命的生長的渴望。只就人類的進步底的特狀而論，則這樣的進步的要求，是已無可疑的餘地的。

但是，只這一點，是不夠的。我們還應該再研究生命的一個特質，即有着大價值的那生命差的解決。

我們是在講關於最小限度的精力消費的原理。有機體的力，是有限的。當和自然相鬪爭時，有機體不可不打算。當意識尙在發芽狀態之間，這打算，由選擇而確立。卽他之所被規定者，是在有着夠將自己保存，增殖之力的有機體的維持的方法，和衰弱了的有機體的直接的死亡的方法。在鬪爭中不衰弱，僅由收入生活而不動本錢——這是在生存競爭中，本然底地要發生的根本問題。心理者，乃是在這競爭中的一定的順應，是想起，發見那要件的相似和不同，應之而整頓自己的反應的個性的能力，所以心理也當然一樣，要服從這法則的。在發達低的階段上，有機體不由思慮，却由感覺，或者說得較爲正確些——則是由和感覺相伴的感動來指導。一切外底的刺戟，有機體本身的一切作用，都帶着積極底或消極底的感情底色彩。從本來來說，這是可以作爲演繹法的發端而硏究的。就是，假如感覺了或一主觀底的或是客觀底的現象A。這是不快的東西——有機體則竭力要加以否拒。又假如感覺了別的現象B。這是愉快的東西——有機體便竭力要將這繼續，加強。在發達高的階段上，卽例如在人類，則直接的苦痛和快樂，却早不演這樣的特殊的脚色了。在這里，和生物學底「演繹法」一同，也出現了由此發生出來的論理學底「演繹法」。就是，凡於生活有害者，都應該絕滅。現象A，於我是有害的。所以我應該努力於那現象的絕滅。

因爲在有機體，一切無益的能力的撒布，是見得無條件地有害的，所以我們可以豫料，這能力的非合理底的消費，伴着消極底興奮，而合理底的消費，則伴着積極底興奮。能得最多的效果者，我們稱之爲得着合理底的指導的力。或者反過來，爲獲得效果而消費的能力的量愈少，我們便以爲合理底地收效愈多的東西。無論是怎樣的工作，能力的一部爲了傍系底結果，不生產地被撒布，是分明的事。一切器官，是適應着一定的機械底乃至化學底作用的一種的機械；有着依一定的樣式而作用，將消費了的能力恢復轉來的能力的。假如在我們，用手做事，是不中用——那麼，這是因爲我們的動作不能如意，爲了要達目的，我們不得不徒然費去力的大部分的緣故。含在「不中用」的感情之中的消極底興奮，即在表現能力的不生產底的撒布的。耳朵，眼睛，手和脚的自由的愉快的工作云者，是對於做這工作，器官最相適應，只用最小限度的精力消費，而使有機體能獲得其必要的結果的工作。

過勞，我們大抵知道是不快的。但我們不能斷言，在不快的音響，耀眼的閃光以及類此的現象的一切時候，立刻有過勞發現。在各器官之中，有特殊的計量器，即將力的相對底消費，加以測量的計量器存在，是明明白白的。自動調節機之動其調節裝置，並不在工作的過度的速度，就要惹起了力的消耗的時候，而在工作開始了不整的時候。和這一樣的事，我們也見之於器官。一定的工作在施行，苦痛或不中用之感一偕起，這工作便停止。雖然還不見有力的消耗，但倘若工作繼續下去，也就會出現的罷。器官好像在立即通知，這種工作—à la longue（涉長期），於器官是禁受不住的事。一言以蔽之：凡工作，其被評價，是並不由能力的絕對底的消費，而是由於相對底的消費的。

到這里，那生命差的理論的最初創始者們所覺到的困難，就立刻明白了。能力的相對底過度的消費云者，是什麼呢？生命差的理論，是只在能力的充溢和那消費之間，設定了或種關係的。但是，當此之際，粗粗一看，則問題似乎並不見得更深於關於這關係。能有辛苦的工作，要求很大的緊張，至於一時超過那能力的充溢。但這是例如體操教練那樣，倒是被經驗爲愉快的。然而，不足道的無聊的工作，却惟由於消費較多的能力而獲得極微的結果這一個理由，纔可以成爲不快的事。於此就可見，被消費的能力和被獲得的效果的關係，也有應該着眼的必要了。

在發達最高的階段，例如在人類，關於結果和手段的不均衡，完全可以判斷，是並無疑義的。然而在直接興奮的領域內，則對於能力的消費和那恢復的關係之外，還有別的什麼關係，有來適應評價的必要呢，卻很難言。

實在，倘要確信在力的經濟上，只要這一個評價，便夠指導有機體，那麼，只將有機體和各個器官的作用，總括於那構成要素的作用裏，就儘夠了。器官本身，就是適應的所產，而非他物者，即因爲在所與的條件下，所與的那構造，最適應於目的的緣故。然而這構造，到底，是由搆成要素（一對的細胞）所成立的。而那各個，則各營一定的工作，並且能藉營養以恢復自己。就是，器官爲要不破滅，必須有對於那構成要素是均等的工作，要說得較正確，則是和那構成要素的力相應的工作。倘若或一細胞，作爲所與的工作的特異性而被破壞，別的細胞的集團也都不能工作了，則那時候，能力的消費過度大約便立被證明的。

假如有一百個人在搬沉重的東西。倘若他們律動底地一齊向上拉，那麼，就以滿足而做成大大的工作。然而比方這些人們卻各別地，九十人的集團和九個，還有一個，各自獨立底地拉。九十個人，是覺不出大兩樣的罷。九個呢，對於禁不起的重量，大約要鳴不平。然而單個的背教者，對於同人們毫不給一點協力，恐怕是總要死於疲勞的。爲最經濟底的勞動計，那勞動的均等和正確的安排——一句話，則勞動的組織化，是必要的事。而器官呢，也是構成要素的勞動組織。就是，器官因了或種事情，被強迫其非組織地作工的時候，器官便不經濟地工作着。對於器官，成爲經濟底的勞動者，必須是當器官遂行那勞動之際，能夠和自己的組織的要件相協合而動作的事。器官是決不因無聊的工作而疲勞的，但倘若那工作是不規則底，則那器官的若干要素，大約就要疲勞起來。這些要素，陷於過度消費的生命差，於是喚起苦痛，作爲危險的信號。

這樣子，據我們之所見，則不但能力的過度消費的恢復和能力的過剩的出格的放散而已，便是那正當的常規底的經濟底的消費，也惹起積極底興奮來；又，消極底興奮，不但和能力的一般底的消耗以及僅只蓄積而不被組織的物質的過剩相伴而已，從最小限度的精力消費的原理看來，也伴着不合目的的能力的消費：這兩種事實，都已被說明了。

我們還應該以力所能及的簡明，來設定兩三條生物學底，心理學底前提。我們應該爲了這些無味乾燥的豫備底考察，請讀者寬恕，但是，這——美學既然是關於評價的學問，既然一部分是從評價所分生出來關於創造底活動的學問，則這於實證美學，正是毫不可缺的基礎。這樣子，美學是作爲關於生活的科學，成着生物學的重要的一部門的事，大概也明白了。

有機體應該最現實底地和環境的具體底的作用相戰鬭。然而當此之際，心理並不由綜合和普遍化的方法而發達，卻由純然的分析底方法，發達起來。實在，看起來，心理最初是含在對於外底環境的要素的有機體的二元底的關係之中的。就是，和那些要素的或一種相接觸，則伴着積極底興奮，又和別一種相接觸——則伴着消極底興奮。而有機體，是或則向着對於那有機體的影響的源泉方面，或則向着那反對方面而進行。這二元主義，從最單純的 protozoa（原形質）起，直至文化人類的最高的典型，一條紅線似的一貫着。這就是成着對於世界的評價的根底，成着善惡的觀念的源泉的。

心理的在此後的發達，是在和感覺底情緒（苦痛和快樂）一同，不絕地將純粹感覺，卽觸覺，味覺，溫覺，嗅覺，聽覺，視覺，筋覺等，分化出來。興奮則依然顯示着反應的一般底性質，卽接近和離反的性質。但反應已成爲非常複雜，分裂爲種差和結合的巨大的集團了。要詳細地觀察心理的進化，當那理論還是滿是假說和不分明的今日，在我們，是做不到的事。

我們移到人類去，在那里發見同樣的類型底的性質罷。人類是靠着對於外底現象的許多很複雜的反應，以支持自己的生活的，這之際，人類的感情，卽指導着人類。所謂最強有力的適應性者，不消說，是能夠立刻決定對於或一客觀底的現象，應該用怎樣的反應來對立的能力。更正確地說，則反應者，在人類，是顯現於複雜的內底過程之後的。倘若現象是極其普通的，那麽——這過程非常之短，有機體幾乎無意識地在反應。然而，如果那現象新穎而且異常，則有機體尋求着反應，呼起先行經驗來，於是從那經驗之中，成型底地造成新反應。這時候，追想，認識等的過程，是件着腦神經質的消費的。因爲腦是記憶的器官，也是藉了舊的反應的結合，以完成新的反應的器官。

因爲影響於人的環境非常各樣，現象的種類，就當然於人類心理的生活上，給以非常重大的事。多種多樣的現象，非竭力統轄於一般底的類型之下不可。就是，非在人類的心象上，係屬於或一反應不可。然而，和這一同，爲了要使反應適當地變化開去，則將所與的一團的現象，從一般底類型加以區別，也極重要的。在這些的要求的壓迫之下，而且照着最小限度的精力消費的法則，技術的發達，言語，文法，論理的完成，便激發出來了。一切這些，那最初，是半無意識底地營爲，自然地集積，只解決了具體底的生命差的，但藉記憶之賜，經驗集積起來，逐漸組織起來了。於是和事實分明矛盾者，一切便非逐漸獨自落伍不可了。

腦髓也如一切別的器官一樣，發生，發達了——那適應性，是生存競爭的自然的所產，是對於環境和選擇的作用的直接順應之所產。由腦髓的居間，行着身體上一切器官所做的工作的評價，和那工作的調節。但是，這些之外，腦髓也能夠評價腦髓本身直接地所做的工作。就是，也能夠經驗爲了那工作的過度或不規則，因而受着的苦痛，以及將蓄積了的能力，規則底地消費的快樂。腦髓也是藉營養而恢復的。在腦髓，安逸也一樣有害；蓄積了的能力的急速的消費，倘在不至於過度的程度上，也一樣地有益。又，在那腦髓之中，工作在那各要素之間是否正當地安排着的事，也能感覺。一言以蔽之，則腦髓者，是被支配於一切生物學底法則的。假如手在適宜地，規則底而且強有力的運動之際，經驗到快樂（因爲這是手的順應的結果），則思想在並無停滯，並無矛盾，精力底地發展的時候，也感覺到快樂的。

在腦髓中，蓄積着過去的經驗。腦髓將現在和過去結合，以調整反應。腦髓超越瞬間。而在那裏面，保存着過去的足迹，也存在着關於未來的想念。這過去和未來，是從和外底的環境不相直接，並不單純，間接底的複雜的關係之中，發生出來的漠然的形象所成立的。具體底的回想的個人底徵候漸被拭去，祇剩下和一定的符號和言語相連結了的一般底的概念。外底環境毫不給與什麽工作，而其中蓄積着能力的時候——腦髓便在遊戲。腦髓是只自由地服從着自己的組織而作用的。腦髓將形象組合起來，將這玩弄，或者創造。腦髓又玩弄概念，將這結合，則爲思索。

安逸，是科學之母。沒有爲了生存而不絕地戰鬪的必要的階級一出現，人類進步的新的強有力的動機，也一同顯現了。安逸的人們，能夠使自己的一切器官，從筋肉到腦髓，都正當地發達。這是因爲他們能夠遊戲——這里有他們的自由。Labstvo（奴隸性）這字，是出於 Labota（勞動）這字的。在奴隸，在勞動者，是難以親近藝術和科學的。遊戲將可怕的力，給與貴族社會了。爲什麽呢，因爲遊戲不但鍛鍊了上層階級的代表者們的肉體和腦髓而已，並且給他們以將具體底的鬭爭，搬到抽象之野去的可能性。他們能夠組合了幾世的經驗，大膽地綜合起來。他們能夠將問題湊在最普遍底的抽象底的術語裏。腦髓遊戲着，而設定了新的生命差。腦髓向着關於世界的正當的思索而突進，照了最小限度的精力消費的原理，向關於世界的思索而突進了。當日常生活的人們，和幾千的各樣的敵相爭鬭的時候，自由的思想家們的智力，便將這些小小的問題綜合，造成了幻影的強敵，即抽象底問題。在這形式上，這問題是認識底生命差，是腦髓的作用的均整的破壞，然而這樣問題的解決，這樣問題的征服，那實際底的適用，卻除卻解決了一切部分底的困難的可以滿足的理論以外，什麼也沒有。

認識者，如我們所已經指摘，是有着大大的生物學底意義的。經驗，和由此而生的機智，或實在的法則的智識，即科學，和適應於目的的行動，即技術——這是人類生活的基礎。作爲理想底的認識而顯現者，那是無疑，是關於世界的最適切的思索罷——能以最大的容易，把握一切經驗的思索罷。這是認識的理想。

倘若一切的理論化，是最初的遊戲，是安逸的所產，則和時光的經過一同，最直接底地和生活底的實際相連結的那思索，就逐漸失掉內底自由的性質。那思索，就不得不服從於在所研究的現實，於是漸漸帶上智底勞動的性質來，同時也愈加密接地和人類的勞動的領域相連結。遠於實際的領域，大約是留遺在安逸的記號之下，還有不少時候的。然而這領域之上，也漸漸展佈了方法的科學底嚴肅性。思想家成爲研究家，遊藝者——成爲智底勞動者。然而，倘若這樣，而自由的思想，和生活的實際以及「勞動」相連結了，則思想和勞動的結合的共通的目的，便是由勞動的一般的解放，是勞動向着一切過程的自由的創造的接近，是由於征服自然力的全人類的解放。

理智的遊戲，自由的認識，辯證法，哲學等，其異於理智的勞動和實驗底研究者，和一切遊戲之異於一切勞動，全然是一樣的。兩者都伴以能力的消費，兩者都由那時的器官的構造而規定的。但在勞動，不得不服從外界所加的要件——而在遊戲，則一切活動，僅由主觀而規定，僅從最小限度的精力消費的原理，僅由興奮所指導。思索世界，將無限的雜多的現象，統括於幾個一般底的原則中，恐怕也是煩難事。研究實在界的物理學者卽思想家的豫備底建設和推論，步步爲經驗所破壞。這經驗，是易變而難捉的，是亂雜的。感情的證明，充滿着矛盾和撞着。在活動的腦髓，步步病底地爲障礙所躓絆。思想從這一推論奔向別一推論去，站在一處，深的疲勞終於征服了人們，在人們，覺得智識這東西，是不完全，無能力的東西了，人們於是含着苦惱的微笑，躱進懷疑主義裏面去。而且說，「什麼也不能知道，卽使有什麼能夠認識，而所認識者，也無從證明。」

然而，在別的領域上——在數學的領域上——那成功，卻從第一步起就是很大的。從幾何學和算術的定義出發，自由地硏究着心理的內底法則，那些的發見之重要和確實，已經到了不能疑惑的地步了。

那在高空上，神祕底地運動着的天體的世界，看去恰像是服從着數的法則的。在那里，一切都有規則。在那里，有調和的王國。然而在這里的地上的幽谷裏，却什麼也不能懂得——幾何學的圖形無從整齊，正確的法則不能確立。這里，是偶然的王國。

然而，依從着一種强烈的要求，就是，由數理底歸納底方法出發，由天上的世界對於地上的世界的分明的矛盾出發，而沒有矛盾地來思索，全體地，明確地，健全地，整然地來思索的要求，哲學和科學的父祖們，便於可視的世界，現象的世界以外——確立了別的「眞實」的世界，和思索的法則同一法則的世界。於是形而上學出現了。噶來亞派，畢撒哥拉斯派，柏拉圖派，以及別的許多的學派，不走艱難的路，將思想完成到認識的理想，就是將思想完成到把握實在的全領域之廣，而却走了別的路。他們給自己創造出可由理智而到達的世界來。並且傲然地聲明，以爲惟這個纔是「眞實」的世界。

認識的理想，是關於世界的思索。認識底理想主義，是世界的幻影。在眞實的認識，思想是完成實驗底的現實的，但在理想主義底哲學，則思想照出自己的影子來，而要藉此來躱開現實。但幸而這是不可能的。事實用了鐵一般的聲音說，「不然」。於是理想主義者的脆弱的學說，便和現實的堅固的巖石相撞，無可逃避地粉碎了。

然而形而上學底體系的美學底價值，是無可疑的。在那體系之中，一切都很單純，而且完整。在那里，令人覺得安舒。在還將自己的思想所造的幻影當作現實的時候，在體系的美學底價值於他還和科學底價值相一致的時候，那人，是怎樣地幸福呵。然而那人，一到自覺了應思想的要求而建設了的這建築物，不過是空中樓閣的時候，自覺了思想並非世界的建設者，却是應該研究那只是造得謎一般的，滿是危險的，加以無邊的，混沌的，非合理底的，然而無限地富豐神奇的現實的建築物的時候，就是他在這現實的深淵和峭壁之間醒了轉來的時候，那這人，這纔咖了悲痛去問哲學者們罷，「你們爲什麼騙我的呢？」於是纔趕忙不及，悟出應該將他們作爲詩人而評價的了。

但是，形而上學者，哲學者們，是坦然的。他們說——誠然，形而上學將這現實世界，講解得不高明。然而，倘以爲這是惟一的現實世界，却錯的。看罷，倒是那世界裏，一切在遷變……我們在想那用了別的理智可以到達的超自然底的世界，有誰來妨礙呢？來研究那世界罷。在那里，我們的思想能夠建設，在那里，我們的思想可以做女王。在那里，於她毫無障礙。爲什麼呢，在那里——因爲是空虛的處所——實體是從順的。實體是沈默的。那和執拗的現象，是兩樣的。

我們已經講過，科學所嚮往的理想底認識，是理想底的生活的要件。可是，生活的理想，是什麼呢？生活的理想者，其實，是有機體能夠在那生活上經驗Maximum（最大限度）的快樂的事。但是，積極底快樂，如我們所知道，是只在有機體受足營養，自由地，只依着自己的內的法則而放散其能力的時候——卽那有機體正在遊戲的時候，纔能得到的。所以，生活的理想云者，是使諸器官能夠只覺到節奏底的，諧調底的，流暢的，愉快的東西；一切運動能自由地，輕快地施行；生長和創造的本能，能夠十分滿足的最強有力的自由的生活。這是人類所夢想着的所謂幸福的生活罷。人類總是願意在富有野禽的森林和平野上打獵的罷，人類總是願意和那相稱的敵戰鬬的罷。人類總是願意開醼，唱歌，愛美人的罷。人類總是願意快活地休息（是疲勞了的人們的憧憬），瞑想佳日的罷。人類總是願意強有力地，快樂地思想的罷……然而，在實生活上，遊戲的事却少有。勞苦，危險，疾病，近親的不幸，死亡，從一切方面，窺伺着人們。有機體想創造出自己的世界，自己的住所，自由和調和的別一美好世界來。但是，只要一看，對於君臨這世界的奇怪的要素的那惡之力，以爲能夠戰勝麽？幸福的獲得的路，是長遠的……人們學着在空想中，看見幸福的反映。他們歌幸福的生活，講關於這的故事，往往將幸福的生活，歸之於自己的祖先。他爲了要他的夢更燦爛，就服痲醉劑，喝陶醉的飲料。當人類浸在幸福的本能底的熱烈的渴望中，宣言了這夢想，惟在別一世界，卽祖先已經前往，而精魂時時於夢中飛去的來世，眞眞存在的時候，人類的夢想，是獲得了怎麼巨大的威力的呢？

於是和惟認識自然而征服這要素，纔能到達的，作爲遠的目的的生活的理想相並，而將幸福搬到彼岸的世界去的，夢幻的理想主義，就展佈開來了。在這里，生命遭了否定，而於有機體是比什麼都更可怕的死，却以幻想的一切色彩而被張揚，被粉飾了。而且恰如形而上學的眞理，和物理學底眞理相對立了的一樣，死後的幸福，也和現實的幸福相對立了。

人類是必須訓練的。種族保存了那祖先所曾獲得的經驗。在那里，是有許多合理底習慣和許多非合理底習慣的。將這些習慣，加以批判，最初，是想也想不到的事。祖先既然這樣地規定了——那就應該奉行。倘不奉行或一習慣，如果那習慣是合理底的，便蒙自然之罸。以爲凡有什麼不幸，就是爲了破壞了或一習慣之罸。種族又怕觸祖先和羣神——契約和儀式的保存者們——之怒，則自來責罸違反眞實卽正義的罪人。自然，正義在最初，是有惟一，而且不可爭的意義的——爲萬人所容納，所確立，而且有條理的，是正義。這正義正在君臨之間，彼岸的世界僅止於是那正義的律法。那是幸福無量的世界。在那里，確立着正義的法則。從那里，賦與那法則，從那里，監守着那法則的強有力的存在。

但是，社會複雜起來了。而且別的正義出現了。亞哈夫的正義，和伊里亞的正義相衝突。主人的道德——和奴隸的道德相衝突。而且都順次地複雜化，並且分裂了。主人們大概強行自己們的正義。奴隸們只是苦惱，夢想自己們的正義的勝利，屢屢在那旗幟下起來反抗。然而，時代到了。從局外眺望這世界，喫了驚的個性出現了。在將形式給與種種利害關係的種種正義的名目之下，人們在相衝突，相殺害，相虐待，創出了比最惡的自然力還要惡到無限的惡。被寸斷了的人類，是號泣着，痙攣着，自己撕碎了自己。能夠規定那關于正義大體，關於全人類的正義的問題的旁觀者，對於人類覺到了恐怖，那是一定的。於是同情，忿怒，悲哀，矯正人類的渴望，焦灼了這旁觀者的心。他能夠說了怎樣的正義的理想，怎樣的絕對善的誡律呢？這誡律，是由各有機體對於幸福的欲求的自然之勢，被指命如下的——在人類社會裏，有平和；互相愛罷；各各個性，各有對於幸福的自己的權利；一切個性，是應該尊重的。將愛的道德，互助的道德，作爲理想底的善，將平和的協調，人們的調和底的同胞底的共存，宣言出來了。然而那實現的路，能有各種各樣。有些道德家們，則注意於個人，將個人看作利己底，邪惡，不德的東西，由矯正個人，以期待理想的實現。這樣的道德家，對個性說，（註一）"Neminem laede, sed omnes, quantum potes, juva." 但倘若個性徹底於這道德了，怕已經滅亡於（註二）"homo homini lupusest" 這叫喊之中了罷。較爲洞察底的道德家們，則懂得人們的各種的正義這東西，是出於在社會上他們的境遇之不同的，而且爲社會組織的不正和那露骨的階級鬬爭而戰慄。——於是建立起在博愛和平等和自由的原理之上，改造社會的計畫來。但這工作是困難的。社會並不聽道德家們的話。道德家們裏面，沒有一個能夠止住這可怕的，滿懷憎惡的，人類的軋轢。那些事，是雖在十字架的旗幟之下，也還在用了和先前一樣狂暴的力，鬧個不完。

註一——（勿害任何人，但竭力援助一切罷。）

註二——（人之於人，是豺狼也。）

然而正義的渴望是很激切的。當絕望捉住了道德家們時，他們便開始相信自己的夢，相信從天上的千年的王國的來到了。無視了人類的意志和欲求，開始相信天上的耶路撒冷的存在，在別一世界上的正義的勝利了。奴隸們尤其歡喜，迎接這樣的教義——他們是不希望用自己們的力，來實現自己的正義的。

於是眞，美，善，或是認識，幸福，正義，在積極底現實主義者那里，和人類在地上用了經驗底認識的方法纔能獲得的強有力的完全的生活的一理想，結合起來的時候，眞美善之在理想主義者，便和能由理想而至的一個彼岸的世界——天上的王國相融會了。

向未來的理想，是對於勞動的強有力的動機。我們的頭上的理想，使我們失掉勞動的必要。理想已經存在，這是和我們無干係地存在着的。而且這並不須認識和爭鬬和改革，是能由神祕底的透視，由神祕底的法悅和自己深化而到達的。理想主義者愈想將天上的王國照得輝煌，他們便愈將悲劇底的黑暗投在地上。他們說，「實驗科學是未必給與知識的。爲幸福的鬬爭和社會底改革，是未必有什麼所得的。那些却是無價値的東西。一切那些東西，和天上的王國的一切美麗比較起來，不過是空心的搖鼓玩具。」

但是，積極底現實主義者的悲劇，是含在認識了困難得可怕的路程和屹立於人類面前的可怕的障壁之中的，而現實主義者的慰安，則在勝利是可能的這一個希望裏。尤其是——惟有人類，惟有有着自己的出衆的頭和中用的手的他，這纔能建設在地上的人性的王國，無論怎樣的天上的力，也不能對抗他，就在這樣的自覺，有着他的慰安。爲什麽呢，因爲他的理想這東西，在他，就不過是由那人類底的有機體所指命的緣故。積極底現實主義者的理想，那藝術的理想，就如以上那樣。那理想的意義和使命，從這見地，即可以很夠說明了。

二

其實，所謂美底情緒者，是什麽呢？人們對於東西看得出神的時候，是感着什麽的呢？那是愉快的東西，是給與快樂的東西——對於這事，是一無可疑的。但這情緒的最淺近的定義，關於那情緒的最淺近的本質底說明的問題，却雖在最偉大的權威者們之間，意見也不一樣。

關於這點，有兩種意見特爲値得注目。（註一）一羣的美學者們，主張美是將我們的生活，鎭靜低下，使我們的希望和慾望入睡，而令我們享樂平和和安息的瞬間的東西。（註二）別的一羣，則宣言曰，美，這——“promesse de bonheur”——就是幸福的約束，令人恰如對於遙遠的，懷念的，而且美的故鄉的回憶一樣，將對於理想的憧憬覺醒轉來的東西。這便是說，所謂美者，是幸福的渴望，捉住我們，而在達於美底快樂的最高程度的我們的喜悅上，添一點哀愁。

註一——例如勗本華爾。

註二——例如彼爾・斯丹達爾。

從我們看來，矛盾是表面底的。自然和藝術之美，委實使我們忘却我們日常的心勞和生活上的瑣事，在這意義上，給我們平安，這事有誰會否定呢？從別一面，將生活的低下和意志的嗜眠的理論，最熱心地加以擁護的人們，也不能否定在賞鑒上的慾望和衝動的要素。其實，雖是最爲超拔的，即所謂否定底美學的代表者，且在藝術中見了幾個階梯，從滿是情熱和擾亂的生活，以向完全的自己否定和絕對底的死滅的冰冷的太空的思想家——叔本華爾自己，也未曾斷言，且不能斷言，說是凡現象，其中生活愈少就愈美。不但如此，他且至於和柏拉圖的觀念論相合致了。但在柏拉圖，絕對者，就是生活的核心，是我們的欲求的中心，是我們不幸已經由此墜落，却還在向此突進的實在世界的源泉。觀念者，在他，是絕對的最初的反映，在這裏面，較之在第二次歪斜了的反映的——地上世界的存在和事物之中，更有較多的現實性和生命和眞理。觀念論者，是從要思索那完成了的世界的渴望，是從要將那世界，建設爲人類所當然希求着的形狀的欲求，自然地生出來的。觀念世界者——一切是直觀底地被理解的世界。就是，在這世界，現實是和自由的遊戲的結果相一致的。在這世界，一切皆美，即一切物體和人類的知覺器官相一致，在人類之中，獨獨覺醒着幸福的聯想的。然而在叔本華爾，世界意志却並非一種理想底的東西，倒是邪惡而混沌。所以，這些觀念，是怎樣的東西呢，那是不可解的。爲什麼作爲世界意志的最近最初的客觀化的那觀念，是成爲從世界意志解放出來的階段的呢？總之，事實是如此。就是，勗本華爾的意思，是以自然現象之中，接近純粹觀念者爲美，以觀照那觀念爲幸福，而這幸福，便是將我們從（註）principium individuationis 解放的東西。正是這樣的。但這事，我們是當作從意欲一般解放出來的意義的麼？而且對於這些觀念的愈加完全的表現的渴望，怎麼辦呢？勗本華爾所以爲向虛無之欲求的那對於安息和安靜的調和的欲求，又怎麼辦呢？

註——個性的原理。

絕對底厭世主義，和柏拉圖的理想主義是不相容的。這是因爲柏拉圖的厭世主義，只關於地上生活，而不認那浴幸福之光，不死的，陶醉底地美的彼岸的世界的緣故。

無論如何，人類雖只漠然地在想，但總得爲自己建設一個理想的世界，其中一切是永遠，是美，其中既無眼淚，也無歎息的世界，是無可置疑的事實。以爲一切的美，是從這王國所洩漏出來的光輝。大概是，所謂理想的王國者，是覺得好像一切不可思議的，在我們自己也不分明的有機體的欲求，和現實性相一致，而且好像是不絕地被恢復的能力的大計畫底的消費的罷。地上的美，在這關係上，這纔雖只一瞬間，雖經或種器官的媒介，總還使我們滿足。於此就知道，倘在或人的精神上，他的理想底美愈明瞭，則這瞬間的美即以相稱之大的力，喚醒他絕對美的希求。人類，是從規則底生活裏的幽微的要求之中，從作爲環境的不盤和非人間性的結果而發現的接連的不滿足之中，從對於突然像易懂而看慣的好東西一般，分明在眼前出現的現象的個個的觀察之中，引出了一個結論，以爲理想存於我們的身外，而那理想之光，是從外面射進我們的牢獄裏來的。但其實，並不如此。有機體的要求和現實的偶然的一致，總是最初是由於有機體去適應環境，其次是由於有機體使環境來適應自己，不絕地反覆着的。

我要引了例子，來說明美底情緒在那完全的外延上，是怎樣的東西。

假如諸君站在戈謫克式的教堂裏。那麽，高的圓柱，成着長迴廊而遠引的如矢的圓天蓬之類的整然的世界，就環繞了諸君罷。一切的線，奔湊上方，而規則地屈曲着。眼睛便輕快而且自由地追跡這些線，把住空間，測定其深和高。那時候，諸君將覺得這教堂，仿佛是由於一種突進底的衝動，從地中生長起來，又仿彿是強有力到不可測度的磁石，將這教堂吸向上面那樣，屹然挺立着的罷。而這調和底地屹立着的世界，又滿以各種色彩的陰影，滿以織在神奇的結合之中的多樣的色彩和陰暗的壁龕。那壁龕深處，厚玻璃的星星又輝煌着豪華的色調。視覺器官和中樞的愉快的強有力的興奮，便漸次和對於天國的自由的崇高的衝動相結合，而滲透諸君的一切神經系統。新的律動，這化石的祈禱的律動，這些輝煌的窗飾的律動，恰如流入了我們裏面似的，那律動，便將不安，壞的囘憶，在疲勞中出現的種種中樞器官的顫動和痙攣拭去，征服了。這律動，至少，是竭力要將一個諧調，來替換在諸君日常的精神生活中的不調和的。於是偉大的幽靜的調和，支配了諸君，諸君同時也愈加分明地覺察了掩蓋諸君之魂的悲哀的影子。就是，彷彿覺得有所尋求似的。而且不知道為什麼，心被壓住了，甘美地，沈痛地。恐怕是為了要補充對於眼睛的調和之故，諸君是在希求音樂底的調和罷？於是四面的牆壁和圓柱震顫着，空氣在諸君的周圍動搖，並且連在諸君的心胸裏。色彩輝煌的教堂的深處，全部充滿着活的低語聲。這些音樂，好像華麗的，淒涼的，沈重的，幽婉的，魅惑底的波，從上面瀉下。新的律動，成為新的強有力的波，來增強首先的律動的力，更成神奇的洪流，而浸及諸君的神經，並使這神經互相調和，互相結合。但當這時候，在為美底的律動所拘的心理（或是物理學底地說，則為腦神經系統）的各部分，和別的不調和的，病的，為生活而受傷的部分之間，覺得或一種對照似的東西。倘若諸君是宗教底的人，那麼，諸君就要在被遺棄，被忘却的孩子似的，可憐的，蹣躄於不可思議的生活的迷宮的自己，和以一種甘美的光，來觸諸君的苦惱的心似的，使諸君以為上界的魅惑底的至福之間，感到大的深淵的罷。而幸福的思慕，同時也將在諸君的心中湧起，眼中含淚，並且下要跪，作一回熱烈的祈禱的罷。然而，倘若諸君並不是宗教底，則諸君大約不將美的力，這樣地擬人化的。諸君是毫不期待超自然底的力的。但是，諸君恐怕還是感到向完全的幸福的思慕的。爲悲哀的幸福所麻痺着的心，現在在尋求什麼呢？恐怕是愛罷。是別人可以給與我們的那幸福罷。也許，諸君之所愛的存在，在完全的調和的理想之前，和諸君相並，一樣地在感激，一樣地在哀愁，也說不定的。諸君將仰望這存在，握這存在的手罷。諸君將洞悉人類是怎樣地被遺棄着，一想到那所謂人類者，是怎樣地可怕，有多少危險在環伺我們一切，有多少醜惡在要汙蔑我們罷。我們的日常的運命，和有機體之所期望者，是非常地相矛盾的。凡有機體，是常常期望着美的調和底的遠方，愛撫一般的常變的調子，芬芳的世界，正確柔和的適宜的運動的罷。是願意歌，舞，盡心的愛的罷。不但這樣，凡有機體，並且還願意生長發達，在自己之中，覺得永有新的力量的充實的罷。願意重大的事件，深的情緒的罷。期望有危險，但是偉大的危險，有戰鬬，但是英雄底的戰鬬的罷。期望周圍的美，本身中的美，精神的壯大的或強烈的昂揚的罷。假如充滿着這樣光明的，美的，壯大的生活的渴望，諸君從巴黎聖母寺那樣的寺院裏走了出來。於是諸君之前，街頭馬車和雜坐馬車是轟轟地作響了，將無聊的顧慮，悲哀，貧苦，或是懶惰和醜惡的刻印，印在那臉上的人們，左來右往。夢似的心的音樂正將經過了，而日常的不調和的瑣事，却從四面八方來衝散了心的音樂，一切顧慮和不快的回憶，好像羣聚在死屍上的騷然的禽鳥一樣，叢集於可憐的心。如果對於美的渴望，依然還活在諸君之中，則這就變形爲對於這樣的現實的憎惡。但是，那憎惡的熱一鎮靜——便又變形爲想要逃進美的角落裏去的欲來，或者將現實來裝飾，調和，創造的欲求的罷。

我們在這里，就看見了藝術的兩條路，兩種的理解。人們將走那一條路呢？尋覔美的小小的綠洲的空想的路，還是積極底的創造的路呢——這事，自然，—

部分是關係於理想的水準的。理想愈低，人們大概便愈是實際底，這理想和現實之間的深淵，在他，卽不成爲絕望。但是，大概，那是關係於人們的力的分量，關係於能力的蓄積，和左右那有機體的營養的緊張力的。緊張的生活，便有緊張力和創造及鬬爭的渴望，作爲那自然底的補足。

但是，不要以爲裝飾，潤飾的裝飾底藝術，便是積極底精神的惟一的藝術。在那向往理想的欲求上，這些是不但裝飾市街，裝飾自己，自己的近親，自己的住處而已，還在藝術的自由的創造上，描出自己的理想，或描出向那理想的階段來。或將這從肉體底的方面，表現於大理石中，以及用色彩描寫；或從情緒的方面，表現於音樂中；或敍述關於這的事，表現於詩歌中。這些也描寫正向理想前進的人物。表現那人物的鬬爭本能，強烈的熱情，緊張的思想和意志。到最後，他們撞着了現實，便粉碎了。他們將在那現實之中的一切，不快的汚穢的東西，明瞭地張大起來。他們將人類沒有他們便未必覺得的東西指出。他們在人類面前暴露出人類的生活的潰爛的創傷。凡這種藝術，可以稱爲現實底理想主義。因爲這些藝術，是都引向理想的，是將對於那理想的欲求，作爲本質的。然而，這理想，是屬於地的。在那一切特質上的理想本身，和導引着他的一切路程，都不出於現實世界的範圍外。

現實底理想主義的第一種類，卽將作爲欲求的目標的那完全的生活，加以表現者，是調和底地發達起來，懷着平靜的希望，爲進向超人，人神的社會所固有。這種藝術，可以稱爲古典底的罷。節度，調和，微笑的安息——這，乃是這種藝術的特徵。

第二，第三的種類，卽正在向上的人類的表現，這(註)「向着彼岸的箭」，這「向着理想的橋」的表現，是洞察了一切內底分裂性和衝動，創造的苦惱，善和惡，有着在前面看見光明，又在周圍看見黑暗和泥濘的生產底的心之攪亂的。爲了要從這裏面，拉出同胞的人類，使向光明，因而表現這黑暗和這泥濘者——

這，被稱爲飈與浡起的羅曼主義。一切再生的時代，是充滿着這樣的人們，和描寫這樣的人們的作品的。這種藝術，大抵爲由爭鬬之道而在發達的社會的階級所固有。

註——尼采。

然而，人們也能夠走別的路。絕望於世界的改善，便一任世界躺在惡裏面，而他們則求救於作爲存在的本身滿足底的形式的藝術之中。現實底理想主義者們，是通一切世紀，一切時代，要將大地這東西，變形爲藝術作品的。凡那時代的藝術，都有益於教養完全的人類，或者至少是有益於教養爲那完成而在戰鬬的人們。反之，純藝術的一夥，則藝術便是究竟的目的——從現實的沈悶而粗野的世界脫離，自由地夢想着，將那夢想具現於音響，石頭，色彩，言語中，或者賞鑒着這樣的具現，而休息着——他們就要這東西。但是，只有少數的纖細的惟美主義者，作爲純藝術家而出現，人類的衆多而且受苦的大多數，則在不幸，災害，社會底不公平的壓迫之下，不想在地上能夠尋到現實底的幸福了。而渴望那現實底的幸福，否則，便是在大地的界限的那邊的被理想化了的安息和休息，平和。這時候，藝術便成爲天上的幸福的象徵了。這一種類的藝術，可以稱之爲神祕底理想主義。在幾乎一切時地，又在內容上，這和現實主義者的理想主義的藝術的一切種類，都不相同。屬於絕望了人生的人們，疲乏生病的人們的這藝術，是迴避一切大膽的，樂天的，強有力的東西的。而將吹噓安息和憂愁和靜寂的一切東西，加以描寫。和理想底的羅曼主義相對，有神祕底的羅曼主義。這羅曼主義，也一樣地表現正在追求理想的人們。但因爲那理想，是彼岸的東西，所以這樣的羅曼派藝術家的主人公，是苦行者，或神祕家，那些人物之中，地上底之處，所餘者非常之少。這一種類的藝術，是絕望底地受了壓迫的階級，或漸歸死滅的階級所固有的。

和藝術底理想主義相並，也有藝術底現實主義。成着這現實主義的基礎者，大抵是類型性，因此那意義，也大抵是認識底。這現實主義，令人知道周圍的現實和過去的歷史底的時代。倘若這現實主義之中，並不含有現實的羅曼底的否定的特質，則這便是表示着實際底的(註)有產階級那樣，與被制限的階級所固有的停滯和自己滿足的東西。

註——關於這種藝術的社會底基礎的詳細的說明，請看我的論文「摩理斯·默退林克」——「教育」一九〇二年，一〇號，一一號。這論文，再錄在一九二三年出版的「研究」中。

我們在這里，不能將關於藝術的發生和那實際的歷史，以及關於通行的分類，詳細地來講述了。尤其是，關於後者，幾乎沒有什麼新的可說。但在我們，只有一件事，就是，將決定進步底進化一般的重要性質的，那藝術的發達的內底法則，加以講解，是很切要的。

藝術是照着怎樣的法則而發達的呢？我們知道，科學和藝術（哲學和宗教也一樣）是發達於一定的社會裏，而和那社會的組織的發達密接地相聯繫，因而又和橫在社會的基礎上的社會生物學底，或經濟底基礎的發達相聯繫的。藝術在和經濟的同一的地盤上，即由有機體對於那要求的環境的適應這地盤上發生起來，並非以死怖人的缺乏，而僅作爲給人喜悅的滿足自己的自由的要求的東西，那最初的要求，縱使是一時底的罷，但得以充足的時候，這纔能夠開花。藝術的發達，最直接地和技術的發達相聯繫，是自然明白的事。富豪有閑者階級的出現，是和專門底藝術家的出現相伴的。專門底藝術家們，雖成了物質底地完全獨立者，也還是無意識底地在自己的作品中，反映着打動和他們最近的階級的理想和思想和情熱。藝術家又往往爲支配階級的代表者們工作。而那時候，便不得不做得適合於他們的要求。各個階級，對於生活各有其自己的觀念和自己的理想，一面將或種形式，或種意義給與於藝術，一面印上了本身的刻印。藝術和宗教的關係，宗教和決定什麼理想的性質的現實的關係，從來未曾被否定。藝術，是和一定的文化和科學和階級一同生長，也和這些一同衰頽的。

雖然，倘斷定藝術並無自己本身的發達的法則，却未免於膚淺罷。水的流，是由那河底和河岸而被決定的。或展爲死一般的池，或流爲靜靜的川，或者衝擊多石的河牀，奔騰噴薄，成瀑布而傾瀉，左右曲折，甚至於急激地倒流起來。然而，縱使河流由外底要件的鐵似的確固的必然，而被決定，是怎樣地明白的事，但河流的本質，却依然由水力學的法則而被決定的。就是，其所據以決定者，是我們不能從外底要件知道，而僅由研究水這東西，纔能知道的法則。

藝術也和這完全一樣，在那一切的運命上，雖然一面也由那把持者的運命而被決定，但總之，一面也依着那內底的法則而發達的。

假如我們遇到了或種複雜的現象，例如交響樂罷。倘使我們對於這現象，還沒有相順應的適應性，則我們在最初，爲了解明這個，不得不消費大大的努力。我們聽到混亂的聲音。有時候，我們覺得仿彿在抓絲線。於是一切又紛紛然成了非合理底的，一見好像混亂的，音響之羣了。首先，諸君是經驗到離美底情緒很遠的氣忿。到末尾，則經驗到厲害的疲勞，也許是暈眩，頭痛。是過度消費的生命差的結果出現了。但假如諸君聽這同一的交響樂，到了第三回，音響便彷彿在先經開鑿的路上流行一般——諸君就理解這音響。在諸君，順應的事，愈加容易起來。內底的理論，樂曲的音樂底構成，也逐漸明瞭起來。所不明瞭的，只有個個的細目了。

每歷一回新的經驗，這些細目也明瞭一些，於是諸君就如舊相識一般，迎接全樂曲。諸君容易知覺牠了，諸君的聽覺，簡直好像在低聲報告其次要來的一切，理解了所有的音響，恰如支配着全交響樂一般。現在是，這音響的世界，在諸君覺得是調和底的，輕快的了，牠來愛撫耳朵，同時又在諸君的心中，叫醒感情的複雜的全音階。因爲歡喜，悲哀，憂愁，勇壯，衝動等，都可以在這些音響中聽取的緣故。一切現象，都照着和牠習慣的程度，成爲易於馴熟的，易於接近的東西。倘若那現象之中，是有美的要素的，那麼，那要素，便浮到最上層的表面來。在這里，就有所謂習慣之力在作用着。神經逐漸和這所與的現象的知覺相適應起來了。而爲此所需的能力的消費，被要求者也愈少。於是假如什麼時候，諸君到音樂會去，聽到了同一的音樂，諸君便會說罷，「唉唉，又是那個……弄些什麼新的，不好麼。」諸君不能將自己的注意，集中於音樂了。諸君環顧四近，倘在那里不能發見什麼惹心的東西，諸君就打呵欠。諸君飽於樂曲了。那樂曲，已不能吞完在聽覺器官和意識的中樞的能力的現存量的全部。這是不利於過度蓄積的生命差的。况且諸君旣然是特地前去聽音樂的——則過度蓄積，當然原先就有。

在被評價的現象，要成爲習慣底，而後來不致厭倦，則那現象不可不常有新的內面底的寶藏。然而，能夠從作品之中，搾取那內底意義的一切的人，是很少的。竭力擠了檸檬之後，其中雖然還有許多汁水，却已將那檸檬抛掉了。偉大的作品的有幾扇門，對於大多數者，是永久關着的。所以訪偉大的作品，而只將開着之處，窺探一下的中材的人，便打着呵欠，在大廳上踱來踱去。因此之故，藝術就被逼得不能不複雜化了。有些巨匠的雕像，早被看厭，但於這是超拔之作，却並無異言。然而我們遠在先前，在市場上經過那雕像的旁邊，就幾乎並不注意到。但是，倘有新的巨匠，和這並列，建起成於精神相同的古的雕像來，那麽，他將由什麽使我們喫驚呢？我們大約不過用了冷淡的視線，一瞥那雕像而已罷。那巨匠，是應該給與什麽新穎的，更複雜的東西的，他是應該將我們引向前方的。他倘若令人感覺較豐富，那麽，縱使因此必需較多的能力的消費，我們也還來評定其美的罷。將美的東西來評價，理解，我們不是早經熟習的麽？

這樣，而雕像術乃從正規的均齊的單純的雕像，愈加進向大的自由。姿態生動起來，形式化爲繁複，日益見其進步。人體不單是窺鏡，或優美地倚杖了，他們擲圓盤，疾走，苦悶，哭泣，筋肉因緊張而隆起，面貌歪斜着。從此雕像就開始過度地生長——應該和古的加以區別，注意於那卓越之處的。但是，在有些民族，有些階級，已經不能想出新的，較完成的東西來了。爲新奇和獨創性的渴望所驅，有些民族是忘却了美，而代以新奇的形式，有味的題目，繪畫底的東西，奇怪底的東西的出現。古的東西，根本底地被忘却於新的東西的探求裏了。民衆享樂着神經的新的刺戟，享樂着諷刺和嫌惡和色慾的香味，而於藝術墮落到怎樣可怕的事，並不留心。僅由後來的世代，以驚愕來證明其墮落。在一切藝術，在一切時代，藝術的發達，是都走了這樣道路的。

這事，就是藝術的發達，常是週期底，常是遵着向於沒落的路的意思麼？當然並不是的。藝術應該生長，複雜化，那是無疑的事。但這豈是必然底地引到裝飾化去的呢？藝術之中，竟不能注進更多的內底的內容去的麼，竟會有noc plus ultra（終極點）這東西的麼？恰如在科學的發達上，少有終極點一樣，在人類的心理，人類社會的發達上，終極點這東西，也少有的。然而，有些階級，民族，有些文化，一到最高頂，恐怕是失了前進之力的罷。給與了藝術的燦爛的類型之後，爲藝術家者，是還應該更加更加凌駕自己的。但是，倘若社會退化，民衆分裂爲互相敵對的勢力，失掉自己的品位，失掉對於自己的使命和神的信仰，則將在什麼地方，去尋求較高的內容，新的思想，新的精神的水準呢？倘若階級在相抗爭的勢力的壓迫之下，又爲了自己的頹廢，全部都由可憐的後繼者所形成了的時候？文化和社會，趨於沒落，但藝術，却還繼續其發達，努力於給與愈加華美的花的罷，然而那花，却大約是作爲奇怪的不結子的淡花而出現的。

但是，新的國民，新的階級，並非發端於舊的國民，舊的階級的臨終之際的。在這里，有別的法則——美的相對性的原理在作用着。於諸君是容易，是熟悉的東西，在我却有困難，或正相反的時候。因爲我們的習慣，是各式各樣的。諸君所期望的事，於我也會毫不相干。這里應該加添幾句話，就是，新的階級或種族，大抵是發達於對於以前的支配者的反抗之中的。而且憎惡他們的文化，是成了習慣。所以文化發達的事實底的步調，大概斷斷續續。在種種處所，在種種時代，人類開手建設起來。而一達到可能的限度，便傾於衰頹。這並非因爲遇到了客觀底的不可能，乃是主觀底的可能性受了害。

然而，最爲後來的世代，却和精神的發達，即豐富的聯想，評價原理的設定，歷史底意義及感情的生長一同，愈加學着客觀底地來享樂一切的藝術的。於是吸雅片者的囈語似的華麗而奇怪的印度人的伽藍，壓人地沈重地施了煩膩的色彩的埃及人的廟宇，希臘人的雅致，戈諦克的法悅，文藝復興期的暴風雨似享樂性，在他，都成爲能理解，有價値的東西。爲什麽呢，因爲是新的人類的這完人，於人類底的東西，什麽都是無所關心的。將或種聯想壓倒，將別的聯想加強，完人在自己的心理的深處，喚起印度人和埃及人的情緒來。能夠並無信仰，而感動於孩子們的禱告，並不渴血，而欣然移情於亞契萊斯的破壞底的憤怒，能夠沈潛於浮士德的無底的深的思想中，而以微笑凝眺着歡娛底的笑劇和滑稽的喜歌劇。

自然，一切時代和民族的對於藝術的這反應性，是可以滅掉獨自的創造和固有的樣式，使我們成爲折衷主義者的。但是，這不過是當我們之中，組織力尙有不足之際，我們沒有自己的理想之際，我們是勞倦着的旅行者，安逸的觀察者之際，我們只爲讀者而寫，爲觀者而畫之際，這纔能有的事。倘若支配着那時代的社會的不滿的要素的那劇烈的動搖，生活和太陽和社會生活的調和和自由和連帶心的渴望（我們是懷着欣喜的不安，凝視其成功的）占了勝利，那麼，人類便要進向美底發達的大路的罷。未來的美的要素，已經在什麼處所可以看見了。有着我們以前，怎樣的文化也夢想不到的具有驚人的飛揚的大穹門的巨大明朗的整然的鋼鐵的建築物，並不破壞建築物的調和，而能給我們以無窮盡的或悲或喜的遠景，和理想化了的自然，和音樂一般使我們移情於壯麗的調子的人物，彪惠斯和他這一派的這可驚的裝飾藝術，據最纖細的美學者淮爾特所證明，則雖小屋中也都波及的藝術底產業的這發達——凡這些，一切（註）統是將來的藝術的要素。現在呢，新的民衆藝術正要產生了。而作爲這藝術的要求者而出現的，將不是富人，而是民衆。

註——在這里，革命雖然還顯現得很微末，但對於藝術上的這新的問題，還能夠加添許多東西罷。

民衆是渴望着較好的未來的。民衆是——太古以來的理想主義者。但是，他愈意識到自己的力，他的理想便愈成爲現實底。在現在，民衆是將天國委之於天使和雀子們，要將地上的生活無限地開拓，提高，而來過那生活了。助民衆對於自己的力，對於較好的未來的信仰的生長，尋出到這未來的合理底的道路來——這是人類的使命。竭力美化民衆的生活，描出爲幸福和理想所照耀的未來，而同時也描出現在一切可憎的惡，使悲劇底的感情，爭鬬的歡喜和勝利，潑羅美修斯底欲求，頑強的高邁心和非妥協底的勇猛心，都發達起來，將人們的心，和向於超人的情熱的一般底的感情相結合——這是藝術家的使命。

人生的意義，是生活。生活發生於地上，努力於自己保存。然而在戰鬪上成了強固之後，生活便帶進攻底的性質。我們不願意像市人將零錢積在錢櫃裏一樣，將生命收存起來。我們渴望着生命的擴大，而運轉生命，使這在幾千的企業之中生長。生活的意義，在人類，是生命的擴大……被擴充，被深造，被充實的生活，以及引向那些去的一切，是美。美呼起歡喜，令感幸福。而且這之外，並沒有什麼目的，也不願有什麼目的。人類建設起未來的美的理想，他覺得現在個人底地爲了自己得以到達了的東西，是怎樣地不足取。並且將爲了理想的自己的努力，和同胞的努力結合起來，他爲了世紀，在大工作場中創造。他卽使不將這殿堂的建築，看作被完成了的東西，但那是什麼呢——他是以漸近於建設的榮冠爲樂，將這留在人類之手，而將自己的幸福，發見於那爭鬪之中，那創造之中的。積極底的人們的信仰，是對於未來的人類的信仰。他的宗教，是使他成爲人類的生活的參與者，使他成爲連鎖的一環，展向超人，美的強有力的存在，完成了的有機體去的感情和思想的結合。而在這完成了的有機體，則是生命和理性，對於自然力得了勝利的。我們可以確信這事麽？世界上最爲宗教底的人們之中的一人，這樣地寫着，「我們由希望而得救」云。但是，希望者，一到目視的時候，就已經不是希望。因爲在已經目覩了這個的人，還有希望什麽的必要呢？並非作爲使我們成爲被動底，使我們的努力成爲虛耗底，對於幸福的王國的宿命底的到來的信仰的信仰，而是作爲信仰的希望——這是人類的宗教的本質。那宗教，是有着盡其力量，協助生活的意義，生活的完成的義務的。或者有着對於和那些完全是同一的東西的——作爲勝利所必需的要件和前提，含有善和眞的美，加以協助的義務的。

屬望於彼岸的世界，由神的宗教而成爲宗教底，這事，在積極底的人們，是不期望的，也不能期望的。爲什麽呢，因爲那世界，縱使存在，也因了那超自然性，決不在我們之前現形，而且對於神的豫期，又非常欺人，害其活動的緣故。

況且那些神們，我們看不見，聽不到——那些神們的消息，又惟獨經由了過於高遠的形而上學者們和朦朧的神祕主義者流——恰如天和地之間的連絡驛一般的仙境納斐羅珂吉基亞的居民們——的傳遞，這纔能夠收到，所以那就更甚了。我們，是要和潑羅美修斯一同，來這樣地說的——

和巨人們的戰鬪時，

誰幫了我？

從死亡，從束縛，

誰救了我？

都不是你自己做的麼？

神聖的，火燄的心呵！

爲對於睡在天上者的

感謝所欺騙，

清新地，而且潔淨地，
你沒有燒起來麼？
宙斯，我應該尊敬你麼？
爲什麼？
你曾將負着重荷者的悲哀
醫好過了麼？
你將被虐者的眼淚
什麼時候乾燥過了麼？
還是說，由我鍛成男子的
既不是全能的時光，
也不是永遠的運命，
而是我和你的主宰者呢？

還是你在想，
我的咒生存，
走曠野，
是因爲絢爛的夢，
在現實還未全熟呢？
我坐在這里，
照着我的臉和模樣，
在創造着人們。
在那精神上，
和我一樣的火燄，
苦痛，哭泣，
快樂，歡喜，

而且像我一樣，
一眼也不看你……。
我們加添幾句在這里罷——比我更善，更多。問題不僅在生出和自己相等的生來，而在創造比自己更高的生。如果一切生活的本質，是在自己保存，則美的，善的，眞的生活，乃是自己完成。無論那一件，自然，都不能嵌在個人底生活的框子內，而總得關聯於一般底生活的。惟一的至福，惟一的至美，是被完成了的生活。

附 美學是什麼

美學者，是關於評價的科學（註）。人從三種見地，即從眞，善，美的見地，以評判價值。惟一切這些的評價相一致之間，惟在其間，纔能夠講惟一而全體的美學。然而那些是未必常相一致的，所以作爲原則，乃是惟一的美學，而從自己之中，派生了認識論和倫理學。

註——這定義，是不普通的。普通總將美學定義爲關於美的科學，但他們故意地講着關於眞理的永遠之美，關於道德底美。美學之被看作關於評價一般的基礎學的所以然的理由，是在這一章裏，將被證明的罷。

在怎樣的意義上，這些評價得以一致呢，在怎樣的意義上，他們是不一致呢，而且，此外還有怎樣的評價存在呢——這是在這章裏，我們所將研究的，當前的重要的問題。

從生物學的見地來看，則評價是自然只能有一個的，助長生活的一切，是眞，是善，也是美，是凡有大抵積極底的，善的，魅惑底的東西；將生活破壞，低降，以及加以限制者，是虛僞，是惡，也是醜——是凡有消極底的，惡的，反撥底的東西。在這意義上，則凡從眞善美的見地所加的評價，一定應該相一致。其實，由我們看來，是包括一切而無餘的知識，和人類生活的正當的構成，和美的勝利的理想，容易融合於生活的最大限度的一理想的。

但是，在這里也自有其限制。一切這些理想之相剋，我們見得往往過於多。在事實上，豈竟沒有憑正義之名，而破壞雕像，呪詛快活的音樂，遁入荒野，在那里破壞着自己的生活，且自施鞭扑的麼，因爲以爲美和生活這東西，就和難以割斷的罪孽相連結的緣故？豈不見我們自己，我們的希求強大的意志，美底衝動，卽常在貽害別人，破壞對於幸福的他們的權利麼？

別一面，冷靜的科學，不在將美的故事陸續破壞麼？正義對於知識，沒有以那教理為不道德，而加以反抗麼？美的信仰者們，不在竭其精魂所有之力，以呪詛科學底的散文底的灰白的光輝和道德家們的禁慾底的非難麼？

凡這些，都是無可疑的事實。而且常常發出使眞和美來從善的理想，使善和眞——來從美罷的聲音。要統一這些理想的漠然的思想，也就在這些傾向中出現。

但是，將注意移到問題的別一面去罷。凡有機體，雖是人類，離完全之域還很遠。只要就完全的一切特徵之中，所最不可缺的，Sine que non（必至的）的特徵，各個機能的調和去一看，大約就明白人類是還是怎樣可憐的存在了。

那直接底的本能——大抵是純然的動物底本能，在所與的瞬息之間，他要喫這食物，喝這飲料，伸手去拿這金色的蘋果……，然而這食物是有毒的，於健康有害的，飲料使醉倒，使胡塗，金色的蘋果是別人的東西，那是不和的蘋果。防衞底思慮要成熟到變爲本能，是很少有的事，一切有害的食物，味道全是不佳的麼？喝到酩酊，開初不給與快樂麼？人類是應該用理性來抑制自己的本能的。理性將將來的不愉快的，甚至於會有破滅底的結果的蒼白斷片的畫，和那用了直接底的快樂，積極底興奮所藻繪的明朗的畫相對照。在理想的結論的根柢裏，是橫着同是情緒底本質，同是快樂的渴望，對於苦惱的恐怖無疑的，但那些的顯現，却並不以直接底的活的形態，而是抽象底的形態，思想的形態。於是內底鬬爭便開始了。物，或行爲，兩樣地被評價，就是，從直接底的快樂的見地，和從較遠的結果的見地。這——是慾望和叡智的鬬爭。倘我們一觀察正在鬬爭的兩面，就知道任何一面的評價，都是發於同是生物學底傾向的了，但慾望的評價，是不正確的，急遽的；理性的評價，則是由有機體的新的器官，能達觀較遠的過去和未來的可靠的器官所加的訂正。

因爲心理底活動的中心，逐漸移往無意識底或半意識底的習慣底動作發生較少，而優於意識底，順應底反應的，高尚的腦髓機關去，於是隨之而起的直接底的本能和抑壓底觀念的戰鬬，我們大抵稱之爲我們的「我」和慾望之間的鬬爭。

但在我們，有兩種評價的根本底同一性存在，而且粗雜的衝動底的直接底的慾望，也必須漸次和人類的理性底要求相融和，則是明明白白的事。現在往往以理智的過剩爲討厭。我們常常幫助慾望，然而，這其實是因爲理性考慮各種的事情，傾於妥協，傾於迴避鬬爭和責任之所致，在理想上，理性是應該和慾望之聲完全一致的。人類不但將不再希求不可致的東西，非常要緊者，是將由獲得強大和智能，而領悟對於一切自己的欲求，給以滿足的罷。理性恰如富於經驗的老僕，常在抑制熱情底而不是理性底的主人，他說，「主人，這慾望，是爲我們的貲力所不及的。」然而他的職務，却不只在限制主人的欲求的範圍，也在發見新的源泉，使他更加富裕。

但是，在現今，確執還很厲害。是理智底的外交官，又是深心的財政家的——理性，能夠冷却有機體的有時很狂暴，而常有着一分的存在權的衝動。凡是理性底的事，未必一定常常好。倘若這是帶着引向自己否定的傾向的——那便是生活之敵，他是不但不應該迴避問題而已，還必須發見那解決之道的。

我們在這舉例上，已經看見，爲慾望的利益而做的問題的解決，爲理性的利益而做的問題的解決，同樣是偏於一面的——這是會引向暗淡的生活否定，或小資產者底的獨善主義，或完全的破滅底的無拘束去的罷。但是，倘將本能底和理性底評價的內底本質，得了理解之後，則我們便將以着眼於生活的向上和擴張，使滿足要求的手段和那要求一同發達起來的努力，爲最高目的，並且籍此得到爲事物的眞的評價的確固的地盤，倘有一個時候，本能或理性的任何一面，迅速而又無誤地洞察了一切助長生活的東西，並且惟有這樣的現象和行爲，渲染着積極底興奮，那麼，那時候，便將有調和底的性格，在我們的眼前了。精神和肉體可以達到這樣的美的調和，是無疑的，人類正在自然底地向此努力於自己的發達，在那里，有着理智和情熱的鬬爭的自然底的終局，情熱將成爲理性底，理性將成爲慾望的堅忍而富於機智的實現者罷。達了這樣程度的人類，我們可以稱之曰美的人，因爲他的慾望的調和以及使這滿足的手段之豐富，就有強健的，健康的有機體，以作必然底的補足，人就成爲美的，善的了。

如果對於理性和情熱，我們屢屢較同情於後者，則這並非單因爲未熟的，而且膽怯的理性的小商人底打算的界限性而已，也爲了——他的偏狹的利己主義。

在歷史的競爭場裏，人類攜了或種的超個人底性質而登場，例如母性本能，許多的團體本能，愛國心等，凡這些本能，在或種條件之下，是於個性有害也說不定的，但到終極，這些都爲生活所必要，不過並非爲了個人底生活，乃是爲了種的生活。個的利益和種的利益，是未必常相一致的。兩者之一，當纔以半無意識底的精神底動搖的形態而發現的時候，則兩者的衝突，不俟理性的干涉，而由兩者的力的大小而解決。

但在具體底的生活差，能變形爲抽象底的課題那樣的，發達較高的階段，則人類開始意識到自己的利害和那所屬的家族，氏族，團體，國民的利害的對立。家族，氏族，國民，人類——凡這些的種的觀念的代表者們——是有本身常在敵對之中，而利己底傾向和社會底傾向之間的敵對，大體尤爲分明的。理性幫助了個性。他嘲笑那愛他的，卽種的本能；他懂得了犧牲自己，是愚蠢的事，於是使團體底精神腐敗了。

這個人主義底的理性，是必須克服的，否則，向理想的路，就將永遠地閉塞。

註——個人主義，是並非這般的理性裏所固有的，因爲理性發達於愈加成爲個人主義底的社會中，所以就成了他的支配底性質了，特爲聲明於此。自然發生的，歷史底性質的原因，經濟底原因，是將集團解體，使個性自立，使他適當地武裝起來的。

在事實上，作爲認識的理想，理想底生活，以及個性的發達的自然底基礎的正當的社會組織的達成，在個人底的生活的範圍內，又由個人底的努力的方法，是不成其爲問題的。將自己的運命和自己的目的，與種的運命和目的相結合的事，斷然拒絕了的個性，卽不得不將自己的課題，限制到最可憐的最小限度。自然，也許是因了全不顧別人對於幸福的權利，因了強制，人類纔能夠成爲頗強的動物的。但是，雖然如此，由他所成就的認識，力，完成的程度，倘和由人類在和自然相鬪爭的幾世紀的歷程上的共同的努力所成就者，比較起來，却總是可憐得很。誠然，人類之間的鬪爭，是有力的進步的動因，然而那是無意識底的，非打算底的動因，那損害往往過於利益。全人類的平和底的共同底的勞動，現在不成爲問題，凡「遠的」幸福的最熱烈的信奉者，遠的未來的透視者和擁護者，還有社會的最進步底的而且意識底的階級，都應該和別的人們和別的階級的利己，怠慢，自負相戰鬪，都應該和得着實權者的貪婪，癡鈍，被虐待者的無智和奴隸底精神相戰鬬。在這戰鬬上，他們應該斷然，而且竟是殘酷，他們無論如何，爲了以自己的路來導引人類，應該竭其全力，因爲他們是從他們的見地看來，不得不信自己的路，爲最近於理想的。種的叡智，眞的愛他主義的精神，不在隣人愛之中，而在爲了種的利益的斷然的果決的戰鬬之中，發見其最鮮明的表現●

爲理想的鬬爭——惟這個，是人類由此道而愈加分明地自覺到自己的任務的，必要不可缺的內底鬬爭。反之，我們能夠想像那愛他底本能確是十分發達着的人們，也常常目覩，他們講忍從，他們不侮辱誰，他們於什麽事都決不負責任，反而安慰一切人，要對一切人說以少許東西而滿足的必要，並且大約還要這樣說罷——應該大家相愛呀，云。然而，言其究竟，這是正在尋覓那將要求引入漸次底的死滅，即引人類種族之力於漸次底的死滅的平安的，最弱的利己主義者。

註——在二十年前，著者幸由所講的那些思想之助，他現在得以成爲多數黨員了。

有一暴君，將自己的意志聯結於國民，將都市武裝起來，使人類種族相接近，培養着國家底意義和自己的臣民的智識底擴大，在他本心，也許是以為遵從着自己的利己主義的，他要他的國民強大，他要在文化的記念碑上留存自己的記念，等。然而，縱使他的努力的個人主義底形態，騙了他自己，也騙了像他一樣，不能懂得為鬬爭和矛盾的世界的偶像崇拜所遮蓋的人類底的眞意義的，他的同時代者罷，但其實，從他的事業的本質說起來，種的叡智却在他的裏面說話，覺得他是在為世紀建設，他是在加意於子孫的意見，他是在創造歷史。反之，在歷史中看不見意義的人們，則即使他怎樣善良，也不過是毫不將人類的特狀提高一點的，單是曾經存在過了的利己主義者，在他死後，是決沒有什麼東西留下的罷。

社會底本能在未熟的理性的審判之前，往往見得好像非理性底，「空無而已，」理性說，「榮譽於死者何有，一切往矣，」於是理性還添着說道，「喫

罷，喝罷，尋快活罷，」但飽於這些了的時候，理性就什麽也說不出來——而

（註）taedium vitae 於是將人類征服。

註——生之飽滿。

但是，倘若歷史底意義，在人類裏面成熟，人類的過去和未來，自然底地占了我們的心，出於我們個人底的過去和未來之上，則超個人底本能，就容易高揚到理性底的程度的罷。這何以沒有實現呢？這不但並非不可能，我們還正在向此前進。我們愈加自覺着「我」的概念是怎樣地不定，而且在我，極爲明白的事，是我之所愛的史上的英雄們，例如喬爾達諾．勃魯孥或霍典，較之從幼小時候的照相裏，看着我這一面的穿着短衫，揑着大脚趾頭的那個無疑的「我」，或者很不願意地學着讀書寫字的少年，都更近於我，也更其是「這我」。

一到種的本能，和個人底的本能合一，個性作爲種的偉大的生活上的契機，而將自己加以價値的時候，那時候，非理性底的東西，就都將成爲理性底的罷。

和這相反，倘若種的利益，靠着道德，靠着所謂義務，總之是靠着外底的力，就是靠着刑罰，恐怖，良心（因爲良心既然和個性的自然底的慾望不一致，全相矛盾，則在個性，便是一種沒有關係的東西），而爲個性所抵拒，倘若牠們表現爲理性底的思慮的形式，和我們的個人底的欲求相爭鬬，則牠們之變爲恰如母性本能一般的常住底的本能，不是不可能麽？自然，是這樣的。

物和行爲，是可以從個底見地，和大體是道德底的種底見地，給以評價的，但在任何評價的根柢裏，都橫着同一的評價，從生活的最大限度的見地的評價，而也不得不然。縱使個的利益，往往和種的利益不相一致，但在別一面，他們却全然同一，因爲種者，除了現爲個性以外，不是無從存在麽？富於生活力而強大的種，不就是富於生活力而強大的個性的集合是什麽？在現在，個人底的我的生活的最大限度的充實，和種的最大限度的利益，這兩理想的妥協，是未必常是可能的，但既然智識底和肉體底兩方面，愈加發達，我的生活也愈加充實了，則我於人類，也分明就愈加有益。而且在別一面，發達的要素之一的我的所在的環境，愈加發達起來，我也就愈加容易企及最大的發達。

這以上，我們不能研究着這些人生的大問題了，我們的思想，是明瞭的——個和種的評價，在本質上是同一的，然而個的評價不正當，太急遽，少看見過去和未來。倘若人類發達到不再願爲瞬息間而生活，却爲了自己的全生涯計畫底地生活下去的地步了，那麽，他也就發達到以爲自己的個人底生活，從種的生活看來，是一瞬息間的地步。因爲我不從瞬間底的衝動，而要畢生健康，強壯而且快樂，所以我的生存的各個的具體底的瞬間，不至於貧弱——而適得其反。因爲人類會將超個人底的理想，看作什麽比個人底的生活較爲高尙的東西，所以這生活也將不至於貧弱，要發達起來，直到充滿着創造底的鬬爭和偉大的努力，充滿着給合一切世紀和民族的爲理想而戰的戰士的協同和同情的歡喜，爲個人主義者所萬想不到的，如此之美的罷。

美和正義的理想，爲什麼不能一致，現在是理解了。美的生活，卽充實而強有力的豐富的生活，須購以別的生活之破滅的代價，而想立刻在現在之中，來要求美的狹窄的美學底見地，又鎖閉了進向理想的門。爲了未來的較大的美，往往非犧牲現在的較小的美不可。但倘若我們立在狹隘的道德底見地上，則將視一切文化爲罪惡，並且恐怕破壞那一個可憐的小資產階級底幸福，而至於停止了我們的前進，也說不定的。惟有最高的見地，卽生活的充實，全人類種族的最大的力和美的要求，正義等，自能成爲美的基礎那樣的未來的渴望的見地，給我們以指導的線索，而凡是引向人類的力的成長，生活的昂揚者，是全底的惟一的美和善。凡有使人類羸弱者，是惡，是醜。爲了一把寄食者而犧牲全國民，是文化的進步，而要求破壞這樣的秩序的事——也許見得好像以正義之名，將美來做犧牲罷，但矛盾不過是外觀，自由的民衆，創造無限地強有力的美。

在各個的時會，必須從人類的力的進步的見地，來評價現象。有時候，這自然是困難的。然而這也還是燦爛的光，在這光中，較之憑着毫不念及人類的生活，而僅爲現存的個性的權利設想的絕對底道德之名，或憑着爲了一時底的貴族主義底文化的裝飾，令活的精神萎於泥土而不顧的絕對底美之名者，錯誤要少得遠。

美的，因而在自己的慾望上是調和底的，創造底的，因此也常在爲人類希求着成長不止的生活的個性的理想，人類之間的鬬爭，帶起由種種的路，來達目的的競爭的性質來了的，這樣的人們的社會的理想，這——是廣義上的美的理想。爲什麼呢，因爲那美的感情，先就捉住我們，這目的，先就是美的的緣故。倘以爲在這理想之中，美和善相妥協，倒不如說，是因了社會底無秩序而脫離着的善，回到美，卽強有力而自由的生活的懷抱裏來了。

看見了論理學和美學的親和力，於任何問題，投以正的，尤其是新的光明的思想，給人美底快樂，糾紛的思想，則懷着困難和不滿而被接收。正的思索——

這首先是輕快的思索，卽最小限度的力的消費的原理！——是依照着美學底原理的思索。我們常常說，那一篇論文的條理「整然」，那一個證明美，問題的「壯麗」的解決之類。圍棋一般，思想底的問題的聯絡似的遊戲，分明證明着美學和思索的接近，那些問題的解決，是毫沒有什麼實際底的價值的，那全然是思想的遊戲，那目的之所在——是思想之練習所給與的那快樂，那美底情緒，和腦髓的經濟底的作用相伴而起的積極底興奮。

註——於此還必須加添一事，卽共同的滿足。

認識，不但能夠依從美學的法則，力的最小的消費或消費的最大的結果的原理——合目的性的原理而已——也非依從不可的。然而作爲評價的標準的眞和美的差違，也就發端於此。理性是決不柔軟的，她不急急於嵌進理性底的體系的框子裏面去。形而上學者總爲企思索之完全的努力所率領，他們依據了不完全的歸納，急於要立起一種恰如永劫的穹窿似的，能夠包括事實的全世界的法則來。但事實却和美的組織相矛盾。「精神」正在如此熱心地追求着全底的思索時，經驗則這樣地爲相互矛盾所充滿，這樣地糾紛錯雜而困難萬分。哲學者形而上學者，便不得不到這一個結論來，就是他的認識的源泉，淸於現實的濁水，而且思索的結果雖然和自明之理相反，也還是對的。形而上學者於認識却特依美學底評價，將認識化爲遊戲，其實，在他們的建築的各部分各部分之間，是主宰着調和和秩序的，但這些一切，作爲全體，却在和現實的甚爲矛盾之中了。

這矛盾，是觸了不能不看現實者的眼睛的。想整頓形而上學底體系的許多徹底的嘗試，終於在最強地感着現實的人們的眼前，曝露了先驗底方法的完全破產，經驗底方法便走出前舞臺來。他的要求是這樣的：理論應該嚴密地和事實相應，各個的理論不一致也不妨，不完成也不妨，但用了虛僞，卽和事實相矛盾的貨價，來買理論的完成，是不可能的。

倘我們一觀察這種的評價，那就看見，在那根柢裏，是橫着和力的最小限度的消費相同的原理的。眞理的追求，無疑地就是依這原理的關於世界的思索的追求，科學和形而上學的不同，即在形而上學急於企望的結果，他向建設在那上面的基礎的不當之處，閉上了眼睛，而科學却緩緩地，然而堅固地在建設。科學也受着一樣的美學底原理的指導，不過在統一和明確的要求上，還要添上一個要求，是和事實的絕對底一致。科學不但建設，也批判自己，不絕地調查所建設的東西的堅牢，就是，建築物的堅牢的事，已經成着令人認科學的殿堂爲美之所不可缺的條件了。

這條件的要求一經成爲本能，這一經成爲「思想的本能底潔白」，美和眞之間的確執就在這里收場。然而，不能活在未來之中，創造之中，努力之中的人們，是要離廣場而去的罷，在那里，生活的大宮殿正在慢慢地增高，在那里，世代正在接着世代勞苦，然而在那里，還只看見一些石堆，塞門汀洞，支柱，鐵版，地面上的基址的輪廓，在那里，全般底的計畫不過纔畫在紙片上，在那里，像約一切，然而悅目的東西，却一點也沒有……。性急的人們，要離開這里的罷，他們要非難未成的工作爲無效的罷，他們要指示激蕩基址的水，必須炸破的磐石，人類的力的界限性的罷，於是趕忙用了雲彩去建造如畫的空中樓閣的罷。我們也許含了微笑回顧他們，對於他們的多彩的蜃氣樓看得出神的，然而一到勸我們搬到空想的宇下去住的時候，我們便覺得希奇，而且我們再開手做工作。

當此之際，我們有着同樣的矛盾，即直接底的個人底本能，爲自己的思索的完整的要求，和向着永久不動的堅牢的眞理的種的努力。在根本上，原是同一的統一的感情和企圖明確的努力，指導着學者，學者也同是美學者，是藝術家，然而他並非無所不可的空虛，却應該將現實的堅石，變爲眞理的燦爛的形象，但他仍知道爲他的眞理所領導，人類不但在那鑑賞上，感到幸福而已，也將成爲宇宙的帝王。眞理在適用於活的生活時，乃再合一於充實的強有力的生活的理想，爲什麼呢，因爲那是在人類和自然的鬬爭上的最良的武器的緣故。適用於社會組織的眞理，只在研究社會發展的諸法則，和發見爲要將社會引到由他的理想——生活充實的渴望，美的渴望定了方向的理想去，可以支配這些諸法則之道，這樣，而眞理的理想，卽自然底地和正義的理想合致。但在現在——科學會將早熟的理想，主觀底的建設破壞，也不可知，科學指示出支配着我們的鐵似的必然性，科學確言了單是慾望是不夠的，我們應該能認識歷史的眞的彈鏆，於是順應着牠，而創造底地去活動。這使烏托邦人們站住的嚴肅的聲音，看去彷彿是眞理向着正義的領域，魯莽地闖了進去似的，但在這里，我們也不過看見了一時底的矛盾，與眞和美的外觀底的矛盾全然相同。形而上學和烏托邦，是眞理和正義的豫期，思想的潔白，禁止我們和寬慰我們的小說，或使我們成爲走自己的任意的路，而不識現實世界的事物的夢遊病者的小說相妥協。

所以，在現在，將本來底美學底評價，和科學底，社會底或道德底評價混同起來，是不行的。但在本質上，美學却包括着這些的領域，什麼時候，總要完全地來做的罷。

美學底，科學底和社會底評價以外，別的怎樣的評價，可以適用於任何客觀底現象或人類的行爲呢？

普通還舉出實際底或功利底評價來。這評價，在本質上，自然，是歸於和上列三種的同一的基礎的。在事實上，評價的事，除了興奮底色彩，由被評價者在我們內部所惹起的滿足或不滿足之外，什麼也沒有。這滿足，有時是直接底的，當此之際，問題便和本來底美學底評價相關；這些也或由理性的判斷所協助——就是，例如蠶和肥料的堆積，那本身是使我們嫌惡的，但理性，却在我們之前，作爲這些對象的或種經營的結果，描出綢絹和腴田來，使我們給以評價，但是，這時候，加價值於這些東西者，是可以從這些東西發生出來的終局底快樂，即僅和所與的現象的「結果」相關聯的同是美學底評價，是明明白白的。所以一切評價，在本質上，常是同一的，歸結之處，就在關於由被評價的現象所惹起的生活的成長或衰退的判斷，這判斷，能以直接底感情的形式，卽照字義的判斷的形式而表現，和正在評價的個體，個人，或別的個人，或種相關——但在本質上，常是同一的。

凡是有益的東西，必須於誰有益，而實際，是往往意識底地或無意識底地，從終極的目的——卽對於個人，其近親或種的幸福的關係，來加觀察的，這幸福，常如我們之所見，雖在生活被說爲惡，並無被認爲幸福之處，也還被解釋爲生活的成長的意思。

我們看見，眞理的追求，往往和直接底的美底感情相矛盾，將美的，然而早熟的建設來破壞，使我們不得不念慮我們的世界觀中，看去彷彿運進了不調和一般的事實。在將現實主義哲學的一切，悉數包羅的體系中的眞和美的完全一致的希望，僅在遠方給學者微微發閃而已。和這完全一樣，正義也屢屢提出在個人的生活渴望，殊爲困難的要求，惟在美的未來之中，我們能夠豫想個性和社會的利害，完全調和的社會組織。還有，實際底的評價，表面底地看來，是和美學底評價很相矛盾的能——如施肥所必要的肥料的例子那樣——但這時候，矛盾更其小，物或行爲的有用性，卽刻地或飛速地，作爲快樂而被現實化，或接近眞理，或將快樂給與別的個體了。有用性還能有別的怎樣的意義呢？

雖然如此，我們豫料着反駁。生存的意義，果在快樂麼？快樂往往相反，於生活的充實所顯現的精神力的生長，是有害的。確是如此，然而這意思，只在說或種直接底的快樂，也許減掉未來的較爲強有力的現實底的快樂，誰會否定惟精神生活的充實，是最大的快樂呢，因爲充實的強有力的生活和多樣的強有力的快樂的行列——結局還是同一的東西。

然而，苦惱不是高度的昂揚底的麽？自然是的，但只在這使個人或種的力成長的時候（因爲必須記得，我們是將種的生活的成長，看作一部分是本能底地，一部分是意識底地被造成了的最後底的規範的緣故）。那意義不在給與怎樣的快樂，而在排除苦惱上的有益的事物，是常有的。這之際，這些事物和在興奮底或廣義上的美學底評價的關係，就更加是間接底了，然而這也明明白白的。

這樣子，美學，是可以想作關於評價一般的科學的罷，那使我們能夠將種的生活的最高度的發展的規範，認爲不能爭而又不絕地活動着的了，但當在實際上，人們還很不將助成這目的者，即以爲美，妨礙這目的者，即以爲醜的時候，我們可以將美學定義爲關於和我們的知覺和我們的行爲相伴的直接底興奮的科學。在這較狹的範圍裏，我們也將看見作爲人類種族的成長的結果，必然底地到處出現的，愈高的特狀的評價的規範的進程，即等級的。在發達低的個性以爲美者，於發達較高的程度，即退往後方，在程度低的頭腦之所難近的美，將爲較發達者而輝煌罷。這等級，即將我們從瞬間底的動物底的快樂，一直引到由於以直接底興奮的一切強度，爲被選者所感的種的生活的發展的那快樂去。(完)

一九二九年六月十五日初版

藝術論

盧那卡爾斯基著

魯迅譯

發行
大江書鋪
上海狄思威路九七三號

實價大洋六角五分

■ 藝術論

盧那卡爾斯基著 魯迅譯

實價六角五分

是藝術理論的建設上一部不朽的名著，從它出來之後，我們方纔看見了基地着實的新美學。它是科學的新美學的最初的嘗試，也就是最初的成就。

■ 白屋說詩

劉大白著

劉大白先生，是詩人，亦是詩論家。本書是自集其歷年來的詩論的專集，見解透闢，議論精審。其關於古詩音韻方面的新發見尤是不可多得的瓌寶。

■ 社會意識學大綱（上）

陳望道 施存統合譯

實價六角

這是波格達諾夫傾倒了他的博學在說述藝術，科學，宗教，道德等一切文化的名著。上卷從太古文化講起，到封建文化爲止。中有精緻插畫多幅。

■ 社會意識學大綱（下）

陳望道 施存統合譯

實價六角

本卷承上卷接講個人主義及集團主義的文化。凝視現實，瞻望未來，儘有獨到之處。筆力始終不懈。卷末附有全書索引，亦便檢查。

上海 狄思威路九七三號 大江書舖

■中國政治思想史

陶希聖著

著者自發表中國社會之史的分析及中國封建社會史二書以後，一方面欲試爲分期詳述之中國政治與社會史，另一方面欲從事於中國史學及教科書，作深刻的評述。其態度是對於從來的中國政治思想的評述。其態度是對於從來的中國政治思想的評擊與徹底的改造。本書正在編輯中，不久將由本舖出版以與世人相見。

■音樂解說

門馬直衞著　豐子愷譯

本書是日本音樂名家門馬氏所著，講述音樂原理，和聲學，專門用語，形式，並解說古今名曲數百，至爲簡賅，是一部最適用的音樂入門書。

■盪氣迴腸曲

王悠然輯　任中敏序

本書輯錄元明清言情之曲近二百首，將其中盪氣迴腸者百餘首編爲正集，分爲上中下三卷；銷魂動魄者五十餘首列爲外集：是一部聚精會萃的曲選。

■兩個青年的悲劇

傅東華譯

短篇小說集

本書內含哈代，高爾斯華綏，奧亨利，愛倫坡，傑克倫敦等名作九篇。譯者譯筆明暢清麗，人所共知，此本所收，尤屬精粹。

上海　狄思威路九三七號　大江書舖

■ 野　薔　薇
茅盾作
創作集

內收創造詩與散文等五篇，幻滅等三部作以後的力作盡乎在此了。茅盾的創作之美，已無人不知；此處所收，更如野薔薇似的，雖然有刺，可是有色有香。

■ 經濟科學大綱
波格達諾夫著　施存統譯
實價一元四角

波格達諾夫是一個博學多能的人，但做他的各種學問的基礎的，却是他的卓越深入的經濟學說。這書與他的社會意識學大綱同為世界上不朽的名著。

■ 日本近代小品文選
謝六逸譯
實價四角五分

譯者以他細膩優雅的文筆，選譯了日本著名作家的小品文字多篇，成為此集。凡研究文藝的人，都應置備一册。如採用作中等學校的教本，尤為相宜。

■ 接　吻（現代日本創作集）
謝六逸譯
實價三角五分

志賀直哉和加藤武雄在日本文壇上的功績聲譽，已是無待細說的事了。本書是謝六逸先生用他細膩的筆緻，選譯志賀氏和加藤氏等的名作的集子。

上海（狄思威路九七三號）大江書舖

卡本忒著　郭昭熙譯

■愛的成年

這是卡氏 Love's Coming of Age 的全譯。與倍倍爾婦女與社會，並爲世界婦女論底雙璧。而較之倍氏底現實的科學的則爲理想的而有詩意的。

平林初之輔著
施復亮　鍾復光合譯

■近代社會思想史要

是客觀地敘述近代社會思想之發達的良著，從資本主義經濟學到科學的社會主義，都給了系統而扼要的說明，並指出時代背景。譯筆亦信實流暢。

L. A Richards 著　傅東華譯

■科學與詩歌

本書作者對於唯美，形式，直觀諸派的學說都認爲渺茫難信，而主張以文藝給與人的經驗的價值爲批評的標準。這書便是闡明此種學說的入門書。

日本現代諸家作　沈端先譯

■初春的風

創作集

本書收日本新寫實派巨子中野重治等數氏創作，都是在意特沃羅幾上有特色，而技術又極圓熟的作品。沈端先先生譯筆，簡潔明暢，不可不讀。

上海　狄思威路九三七號　大江書舖

■生物進化論

古特立區著　周建人譯

生物學專家的古特立區，以機械論的見地將進化學說就現今的觀點，加以簡賅的敍述和精審的批評。今經周建人先生譯出，譯筆流暢，幾同自著。

■父與女（小說集）

汪靜之作

實價五角

長於制作情詩的汪靜之先生，現在轉換傾向，用他銳利的觀察，美妙的描寫，來寫「革命文學」的小說了。這是如何地值得我們注意的事啊！

■生活與音樂

田邊尚雄著　豐子愷譯

實價五角

著者以淺近而有趣味的談話，說明音樂是甚樣的一種藝術，和音樂在我們的生活上佔有何等重要的位置等問題。凡我音樂愛好者，均宜人手一編。

■修辭學發凡

陳望道著

本書以藝術的敏感和科學的謹嚴，將古來修辭現象作有系統的新的處理。如果說馬氏文通是中國文法的母親，那這便是中國修辭學的母親了。

上海　狄思威路九三七號　大江書鋪

看！短小精悍的文藝理論小叢書，
破天荒地在我國文壇上出現了！

文藝理論小叢書

- ■文學及藝術之技術的革命（重版） 平林初之輔著 陳望道譯 實價一角二分
- ■現代新興文學的諸問題 片上伸著 魯迅譯 實價二角
- ■藝術簡論（重版） 青野季吉著 陳望道譯 實價一角五分
- ■文學底作者與讀者 片上伸著 汪馥泉譯
- ■文學之社會學的研究（重版） 平林初之輔著 方光燾譯 實價一角五分

上海 狄思威路九七三號 大江書鋪